講談社文庫

ノボさん(上)

小説　正岡子規と夏目漱石

伊集院 静

講談社

ノボさん／上巻　目次

ノボさん（上）

小説　正岡子規と夏目漱石

子規は夢の中を走り続けた人である。
これほど人々に愛され、
これほど人々を愛した人は他に類をみない。
彼のこころの空はまことに気高く澄んでいた。
子規は、今も私たち日本人の青空を疾走している。

ノボさんどちらへ？　べーすぼーる、をするぞなもし

一人の若者が銀座の大通り、路面鉄道を歩いている。

若者は日本橋《にほんばし》から銀座《ぎんざ》へむかうこの通りでは見かけぬ恰好《かっこう》をしていた。その頭に短かいツバの帽子をちょこんとのせている。襟《えり》を詰めた白いシャツ、膝下《ひざした》までの七分ズボン、ゲートルを巻いたような奇妙なソックスに革靴《かわぐつ》。何やらひと昔前の飛脚か、戦場の伝令兵のようないでたちである。

背丈《せたけ》は大きい方ではなく骨格も屈強には見えない。しかし前方を力強く見つめる切れ長の目には、若者の強い意志と夢見る年頃特有の、まぶしい光を放っている。

大股《おおまた》で堂々と通りを歩く様子は、これから彼がむかう場所にこころ躍らせるものが待ち受けているに違いない。

若者が交差点のひとつを渡ろうとした時、銀座方向の路地から筒袖《つつそで》に近頃流行の少し短かめの袴穿《はかまば》きの若い書生が一人、本を脇にかかえてあらわれた。書生は道の中央を闊歩《かっぽ》する若者の姿を見つけて、相手が同じ東京大学予備門の顔見知りの同級生であるとわかり、嬉しそうに声をかけた。

「ノボさん、どこに行きますか」

しかし若者はその声が聞こえていないふうでどんどん歩いて行く。

「ノボさん、ノボさん」

書生はさらに大声で相手を呼んだ。

若者が振りむいて言った。

「なんぞなもし」

「ノボさん、どこに行きますか？」

「おう、あしはこれから新橋《しんばし》倶楽部のべーすぼーるとの他流試合に出かけるんぞな」

そう言って若者は白いシャツの胸のあたりをぽんと叩《たた》いた。

「そりゃ頼もしい」

「まっことじゃ、ほならあしは急ぐけん」

「武運を祈ってますよ、ノボさん」

書生の声を背中で聞きながら若者はまかせておけと言わんばかりに白い歯を見せ、二度、三度うなずいた。

その時、新橋方向からかろやかな蹄《ひづめ》の音を響かせながら鉄道馬車がやってくるのが見えた。若者は馬の後方で鞭《むち》を大きく上げた馭者《ぎょしゃ》を見て、鉄道敷路の上に仁王立《におうだ》ちし、右の手のひらをグローブのように開くと、そこに左の拳《こぶし》をボールのようにして軽く叩き、その左手を大きく後方に回して鉄道馬車にむかって投球動作をした。

この路上の投手こそが、日本の文学に大きな軌跡を残した正岡常規《まさおかつねのり》（本名）、子規《しき》であり、先刻、書生が呼んだ、通称、ノボさんの若き姿である。

鉄道馬車は威風《いふう》堂々と迫まり、若者の姿に気付いた馭者は警笛を鳴らした。それでも若者は鉄道敷路に立ったまま笑っている。馭者はもう一度警笛を鳴らす。若者は笑っている。三度、四度警笛が鳴り続けると、若者はようやく相手に道をゆずった。鉄道馬車が通り過ぎた。若者は敷路に戻り、鉄道馬車がやってきた新橋方向を見た。そこに白煙が立ち昇るのが見えた。十五年前に開通した横浜にむかう蒸気機関車が出発するのだろう。白煙のむこうに青空がひろがっていた。

明治二十年九月、ノボさん、二十一歳の秋である。

新橋駅を汐留《しおどめ》の方に回り鉄道局の官舎前を行くと、潮風に乗って打球音と掛け声が聞こえてきた。

――おう、やっとう、やっとう……。

子規は掛け声を耳にすると、たまらずに走り出した。

グラウンドに十数人の男たちがユニホームを着てべーすぼーるに興じていた。

新橋アスレチックス倶楽部のべーすぼーる部員の面々である。

「遅うなってしもうて」

子規は声を上げてグラウンドに入った。

「やあ、正岡君」

応えたのは新橋倶楽部の創設者の一人でチームの主将である平岡凞《ひらおかひろし》だった。

平岡は東京生まれの元幕臣で、明治四年から同九年までアメリカに渡り、鉄道技術を学んだ。その折、彼はアメリカでべーすぼーるを目にしてたちまち虜《とりこ》になり、バットとグローブとボールを持ち帰り、鉄道局の仲間にべーすぼーるを教え、チームをこしらえた。

子規が四国、松山《まつやま》から上京し、最初に寄宿した叔父の藤野漸《ふじのすすむ》の家に趣味の〝謡《うた》い〟を通じて仲が良かった平岡の主人がやって来ていた。この平岡の息子と子規は知り合い、兄の凞を知った。

新橋倶楽部は東京では最強のチームだった。三田《みた》にある徳川《とくがわ》家が作った〝ヘラクレス倶楽部〃も凞の指導でチームを作っていた。すでにこの頃、東京には〃白金《しろかね》倶楽部〃〃溜池《ためいけ》倶楽部〃と社会人と学生が混合で作ったチームがあり、農学校や各大学にもチームが誕生していた。

「やあ、正岡君」

声をかけてきたのは波羅《ポーロ》大学（後の明治学院大学）の学生だった。

新橋倶楽部はベーすぼーるに憧《あこが》れる学生たちも自由に出入りをさせていた。彼等《かれら》学生のベーすぼーるの練習の場でもあった。

「正岡君、今度、ボクたちはチームを作るんだ。君、ボクたちのチームに入らないか」

「あしはこうして一人であちこちのベーすぼーるをやる方が楽しいぞな」

「正岡君のようにピッチャーもキャッチャーもできる人がいると有難いんだがな」

「そいじゃ応援に行こかの」

「それは有難い」

「そん時はあしに言うたらええわい」

子規は胸を叩いた。

「お～い正岡君、少し投げてくれないか」

ホームベースの方から平岡が声をかけた。

平岡たちはバットを手にしている。どうやらバッティングの練習のピッチャーをしてくれということだろう。

子規は腕をぐるぐると回しながら、平岡たちの所に寄り、選手の一人からグローブを受け取った。グローブは高級品ゆえに誰もが持つことはなかった。

キャッチャーはマスクをしているが、これとて平岡がアメリカの運動具商スポルディング商会に手紙を出し、ようやく送ってきたものだった。

子規はプレートが埋め込んであるピッチャーの定位置に行った。マウンドというものはまだなかった。

まず平岡が打席に立った。

新橋倶楽部の主将でエースであった平岡は強打者としても有名だった。

平岡は胸のあたりと腰のあたりを手で指ししめして大声で、

「中《なか》」

と言った。

打者は自分の望むコースを宣言するルールがあった。そこから外れた投手のボールはすべて悪球となる。本番の試合であれば悪球が九球になると一塁に進めた。まだ四球のルールがなかった。

しかし今は打撃の練習だから、平岡の宣言は子規にそこに投げて欲しいという意思表示だった。

子規は第一球を見事に平岡の胸元に投げた。

心地良い音がして打球は子規の頭上を越え内野手、外野手の頭を越えてはるか彼方《かなた》にむかってどんどん伸びて行く。

子規は打球の行方《ゆくえ》を目で追いながらニヤリと笑った。

——やるのう……。

子規はベーすぼーるにしても、当節流行《はやり》の演説にしても、あざやかで美しいものを好んだ。

平岡の打球は彼が好む、まさにあざやかで華麗なものだった。

平岡は打球が草叢《くさむら》の中を転々としていく間に一塁、二塁ベースを回り、三塁ベースを蹴ってホームベースを踏んだ。

子規はグローブを叩いて平岡を誉《ほ》めた。

平岡が帽子を脱いで子規に頭を下げた。子規は満足そうにうなずいた。

平岡は子規よりひと回り歳上である。しかし子規には歳上の者から敬意を表される妙なキャラクターがあった。それは貫禄《かんろく》のようなものではなく、時間があれば毎日、このグラウンドに通ってくる子規のべーすぼーるに対する人一倍の情熱と真っ直ぐな性格が選手たちに認められていた。

子規はいつも懸命にプレーした。

少しくらいの雨なら平気でグラウンドに立っていた。そうして夕刻、ボールが見えなくなるまで彼はグラウンドにいた。

週に一度、グラウンドにローラーをかける時も率先してそれを曳《ひ》いた。

平岡たち年長者が見ても、この若者には不思議な魅力があった。

バッティング練習は続いた。

子規の投球には、並外れたコントロールがあった。

よほどべーすぼーるの才能があると思われるかもしれないが、才能以上に子規は修練していた。このスポーツを初めて見た瞬間から自分の身体《からだ》の芯のようなところがカッ、と熱くなり、鳥肌が立った。以来、勉学そっちのけで夢中になった。靴屋の主人に頼んでボールをこしらえてもらい、部屋の中でも暇さえあればボールを握っていた。

身体を動かして何かをするということにこれほど夢中になったのは生まれて初めて

のことだった。

幼少の頃は他の子供たちより身体がちいさく、〝青びょうたん〟と呼ばれてからかわれ、いつも半ベソで泣いて家に帰っていた。

子規は他の子供たちとはあきらかに異なる点があった。

母の八重《やえ》に連れられてお能《のう》見物に行った時、子規は能を見るどころか、鼓《つづみ》や太鼓《たいこ》の音色に驚き、おびえて大声で泣き出した。その様子を聞いた子規の幼少の漢学の師であった外祖父、大原観山《おおはらかんざん》は、そんな弱虫ではと嘆《なげ》き、子規を呼んで叱《しか》ったほどだった。その場に他の子供もいたであろうが、子規だけがちいさな身体を震《ふる》わせ泣きじゃくったのであろう。子規の身体は鼓や太鼓の音色に異様に反応した。神経が鋭敏であるというだけのこととは違う気がする。初めて遭遇したものを人間が受け入れる時、子規には子規にしかない受けとめ方があったのかもしれない。

子規は言葉を覚えるのが他の子供たちより遅かった。母の八重も心配しただろうが、その言葉の遅かった子供がいったん大原観山の下《もと》に漢学の素読《そどく》に通いはじめると、観山が目を瞠《みは》るほど覚えが早く周囲を驚かせた。

「升《のぼる》はなんぼたんと教えてやっても覚えるけ、教えてやるのが楽しみじゃ」と松山藩一の漢学者の観山に言わしめた。

子規がべーすぼーるに夢中になったことは、子規の弟子となる河東碧梧桐《かわひがしへきごとう》が回想の中でも、――（子規は）スポーツは余り好きではなかった。子供時代に竹刀《しない》を持ったこともなく、角力《すもう》を取った経験もなかった。まして摑《つか》み合いの喧嘩《けんか》など思いもよらなかった。それがどうして野球に限って……、まあ奇蹟と言ってもいい――と語り、表現は悪いが、変態現象だったとまで述べている。

子規を長く見守ってきた人の目にさえ、子規のべーすぼーるへの執着は大変なものだったのである。

「お～い正岡君」

この日の練習が終わる頃、平岡凞が子規を呼んだ。

そこは投手の練習場だった。

「なんぞなもし」

「私の投球を少し受けてくれませんか」

「おう」

子規は笑ってうなずいた。

新橋倶楽部の正捕手が子規にキャッチャーミットを渡した。

子規は投手もやれば捕手もやる。むしろ捕手の方が得意だった。

「実は正岡君、新しいボールを試してみたいんだ」

平岡が神妙な顔で言った。

「ほう、それは楽しみぞなもし」

子規は投球する距離に離れて、十球余り真っ直ぐの平岡のボールを捕った。

「では投げるよ」

「よおうし、投げてつかあさい」

平岡が大きく腕を回して子規にむかって投げた。

あれっ、子規はちいさく声を上げてミットを斜め下にずらすようにしたがボールはミットの土手に当たってこぼれた。

「何じゃ今のボールは？」

子規の言葉にかたわらで見守っていた捕手が白い歯を見せた。平岡も笑っている。

子規はボールを拾い、平岡にむかって投げ返して言った。

「もういっぺん投げてもらえますかいのう」

平岡はうなずいて、今度はさっきより慎重に投げた。

子規はまたそのボールを捕りこぼした。

子規は目の玉を大きく見開いて、平岡と捕手を交互に見た。

「今、ボールが蝶々《ちょうちょう》みたいにあしのミットをよけよったぞなもし」

二人はにやにや笑っている。

二人の表情を見て子規の目がかがやいた。子規が俄然《がぜん》、興味を抱いた時にする表情だった。

「もういっぺん、投げておくれや」

次のボールは何とか捕球した。数球続けるうちに子規はそのボールをちゃんと捕球しはじめた。

「さすが正岡君」

かたわらで捕手が言った。平岡も満足そうにうなずいていた。

平岡が子規のところに歩み寄った。

「いや、たまげたボールぞなもし」

子規が言うと、平岡がボールを握って言った。

「アメリカでは投手がこのボールを投げているそうです。カーブと言うそうです。ほら、こうしてボールを握って投げると今のようになるんです」

平岡はボールの握りを子規に見せた。

「ほう、それでボールがあがいに生きもんみたいに変わるんか……」

子規は平岡からボールをもらい自分でもその握りを試してみた。

「まだ思うようには投げられませんが、投手にとっては戦力になるかもしれません」

平岡が控え目に言った。

「なるどころか、たいしたもんぞなもし。ミットで捕れないもんをバットで打ち返すのはえらい難儀ぞな」

「そうですか。もっと練習をすれば上手《うま》く投げられると思うんです」

「さすがに新橋倶楽部のエースぞな」

子規は感心して言った。

日が暮れて子規はグラウンドを出た。今日も最後までグラウンドにいた。

「平岡さん、済まんがあしに車賃を貸してもらえんかなもし。もうくたびれてしもうて足が動かんぞな」

平岡は笑って子規に車賃を渡した。

子規は新橋駅前で人力車を頼み、行き先を告げると席に埋もれるようにして目を閉じた。

子規は寄宿舎の部屋の机の上の半紙に懸命に筆を走らせている。

すでに書き終えた何枚かの紙が文机《ふづくえ》の脇に散らばっている。

最初に書いた文字は丁寧《ていねい》で美しい文字である。

子規は六歳の時、松山藩の祐筆《ゆうひつ》をつとめた父の兄、佐伯政房《さえきまさふさ》に書を習った。

その美しい文が、今はもう楷書《かいしょ》から子規独特の草書にかわっている。

すらすらと短い文を書き、そこで筆を止め子規は頬杖《ほおづえ》をついて目の前の壁を見つめたかと思うと、ちいさくうなずいて、また筆を紙上に走らせた。

三行の短い文が書かれたところで、

「こがなもんよ」

そうしてまた壁を見つめて思案しはじめた。

子規はその三行をひとつずつ読んでつぶやいた。

俳句（この当時、俳句とは呼ばず発句《ほっく》と呼ぶことが多かったが、ここでは以降俳句とする）をこしらえているのである。

今夜は五十句を作ってしまえと、先刻から創作をはじめた。

いささか乱暴である。佳《よ》い句が生まれようはずがない。

一句作っては、壁を見つめ、三句できては壁を見る。しかし子規の目が見ているのは壁ではない。故郷、伊予《いよ》松山の海であり、山河であり、草木であり、人々であった。

この夏に帰省した時、子規は大原其戎《おおはらきじゅう》を訪ね、初めて俳句の教えを受けた。それまで遊び半分で俳句を作っていた。

大原其戎は松山の俳諧《はいかい》の中心的人物であった。三津《みつ》に暮らす其戎は「真砂《まさご》の志良辺《しらべ》」を主宰《しゅさい》していた。〝教え〟と言っても俳句の何事かを講義、伝授されるわけではない。子規がつくった句を後日、其戎が添削《てんさく》し返信してくれるのである。

二年前の夏、やはり帰省した折、井手真棹《いでまさお》を訪ね、短歌を習った。

子規はこの年の期末、学年試験に落第していた。彼は旧松山藩主、久松《ひさまつ》家の育英事業常盤会《ときわかい》の給費生である。給費生になれたことは子規にとってこの上ない喜びだった。これで母、八重に金の苦労をかけなくて済むと思うと嬉しくてたまらなかった。その給費生が落第したのである。

この試験は最初から、どうもいけないと思っていたが、案の定、落第を伝えられた。試験に出た英語がからっきしできないのだ。英語はこれを最初に目にした時から子規の頭の中は混乱した。文法も発音もよくのみこめない。ところが他の学生たちはこれをすらすらと読み上げるし、英語で短い文章も書く。それが子規をよけいに混乱させた。

「これはどがいなっとるんぞなもし」

子規は英文を前に途方に暮れた。

これではいけないと、子規は東京大学予備門の試験を受ける勉強として進文《しんぶん》学舎で英語の特訓を受けた。先生は坪内逍遥《つぼうちしょうよう》である。

この逍遥の講義は学生に英文を読ませ、これを訳させるだけのもので、そんなものを聞いていてもいっこうに子規の頭の中に英語がとどまってはくれなかった。

それでも、その年の七月、子規は東京大学予備門の試験を受けると合格した。

誰よりも子規が一番驚き、一番喜んだ。試験を終え、学友に、どうであったか、と尋ねられた時、子規は首をかしげるだけで何の返答もしなかった。内心、これはひどい結果になるだろう、と思っていた。

それが発表当日、予備門の試験結果の掲示を見に行くと、自分の名前がちゃんと合格者の欄に載っていた。

子規は思わず声を上げた。

「ありよる、ありよる。あしの名前がちゃんとありよる」

もう有頂天である。

「どげいよ。こげなもんじゃ」

さっそく牛込《うしごめ》の下宿に戻り、田舎《いなか》の母、師に合格の報《しら》せの手紙を書いた。


部屋の戸のむこうで声がした。

「正岡さん、いらっしゃいますか」

「おう、何かな、どうぞお入りや」

子規は返答だけをして机にむかっている。

戸が開く気配がしたが、子規は創作に没頭《ぼっとう》している。

「あっ、勉学中でしたか……」

声からして隣室の学生である。

「勉学か……、勉学と言えば言えんこともないが、そうでなしとも言えるかのう」

「今日はお友達はいらっしゃらないのですね」

「そういえばそうじゃのう。何かものたらんと思うてたんは誰も遊びに来とらんけんかのう」

子規は筆を止めて振りむいた。

寮では古株の佃一予《つくだかずまさ》の遠戚の書生で、数日、寮に逗留《とうりゅう》していた。佃一予はのちに南《みなみ》満州鉄道《まんしゅう》の理事となった男である。

手に懐紙《かいし》を持っている。

「これ、私の田舎から送ってきたものですが……」

相手は少し恥かしそうに懐紙を子規に差し出した。

子規はそれを覗《のぞ》いた。

何やら虫のようなものが載っていた。

「これはなんぞなもし？」

「蜂《はち》の子とざざむしです」

「蜂の子言うと、あのぶんぶん飛びよう蜂かの」

「はい。私の田舎では栄養を摂《と》るためにこれを土の中から掘って、こしらえます」

「まことか、何や美味《うま》そうやの」

「そうですか、他の先輩は気味悪がる人もいましたが」

「何を言うがか……」

子規は蜂の子をひとつつまんで口の中に入れた。そうして目を閉じて味わうようにしてから目を大きく開いた。

「まっこと美味いぞ」

「うん、こげな美味いもんがあるんじゃな」

子規は続けざまに数匹の蜂の子を口に入れた。美味い、美味い、と言いながら小虫の方も口に放り込んだ。

「ざざむしです。川の底の石をはぐるといる虫です。子供の時によく捕りに行きました」

子規は満足そうにざざむしを食べた。

「田舎はどこやったかの」

「信州《しんしゅう》の伊那《いな》です」

「ほうかな、信州かなもし。あしはまだ行ったことはないが、ええとこなんかのう」

「はい。山や谷が美しいところです」

「そりゃよかところじゃな。一度行ってみたいのう」

「はい。ぜひ見えて下さい。私が正岡さんを案内します」

「けんど良い親御さんぞな。こうして美味いもんを送ってくれる母上がおって……」

「そ、そうですか」

「……母はおりません」

相手の顔が曇った。

「そうか、あしも父はおらんぞな。あしが六歳の時にみまかられた。ほなら父上がこの蜂の子を」

「いいえ、妹です。よくしてくれる妹なのです」

「あしにも妹がおる。田舎で、家のこと、母の手伝いをようしてくれておる。ちいっとばかり気が強い女児《おなご》じゃがの」

　そう言って子規は笑った。

「信州いうたら一茶《いっさ》がおるぞなもし」

「いっさ？　それは誰ですか」

「一茶を知らんか。なかなかの俳句をつくる人じゃ」

「正岡さんは俳句をなさるんですか」

「ああ、今もこうしてつくっとるとこじゃ」

　子規が文机の方を見ると、相手はそれをじっと見ていた。

「俳句は学問と関係あるのでしょうか。私が聞いておるのは俳句は町人や隠居《いんきょ》した者の遊びと記憶してますが」

「遊び？　それは断じて違う。俳句は立派な創作よ。中国に漢詩があるように日本には短歌、俳句が昔からある。君、それは君の誤解じゃ。何事もまず自分の目で、耳でそれをたしかめてから、そのよしあしを判断せんといかんぞ。目と耳を鍛《きた》えんとな」

「は、はい」

「ところで何か用事があったのと違うぞな」

「あっ、はい。正岡さんが哲学の教本をお持ちなら貸していただこうかと思いまして。他の先輩から哲学なら正岡さんの所に行って聞いてみるといいと言われまして」

「ほう、君は哲学をやるんか」

「まだ決めたわけではありませんが」

「ほうか、哲学は奥が深いけんな」

「正岡さんもおやりなのでしょう」

相手が訊《き》くと子規はそっけなく首を横に振った。

「あしはもう哲学はやめた」

「えっ、そうなんですか」

「ああ、あしには哲学は肌が合わん」

「はあ……」

子規は書を積んだ棚から哲学概論の教本を取り出して渡した。

この概論はすべて英語で書かれていた。

「君、英語はできるかなもし」

「はい。長野《ながの》、松本《まつもと》の塾で学びました」

「ほうー、そいはたいしたもんぞ。ほいたら本科に米山保三郎《よねやまやすさぶろう》君という学生がおるけん、彼に逢《お》うてみたらええわい。北陸《ほくりく》、金沢《かなざわ》の人じゃから少し訛《なま》りがあるが、この人は身体中が哲学でできとる」

「身体中が哲学？」

「そうじゃ、まっこと哲学は難解じゃ。けんど米山君はそういうもんがすいすい身体の中に入っていって知らぬうちに身体中が哲学になっとる。時々、あしを訪ねてくることがあるけん、そん時は紹介しょうわい」

「ありがとうございます。これはすぐにお返しします」

「いや、すぐでのうてかまない。あしにはそれは必要ないけん」

「はい」

「じゃ、あしはまだ俳句があるけん」

子規は文机に振りむこうとした。

するとと大きな音を立てて腹の虫が鳴いた。

「何じゃ、蜂の子が腹で飛びはじめたかの。そういえば夕飯も早いとこ済ませたけんもう腹が空《す》きよったぞな。この寄宿舎を出て堀端《ほりばた》を竹橋《たけばし》の方に行くと屋台の蕎麦《そば》屋が出とる。一緒にどうぞなもし」

「はい、おつき合いします」

二人は寄宿舎を出て堀端にむかった。

吹いてくる秋の夜風に水の匂いがした。

見上げると秋の月が皓々《こうこう》とかがやき、堀むこうの平川《ひらかわ》門の渡櫓《わたりやぐら》を照らし出していた。

子規が突然一歩前を歩き話し出した。

「朝《ちょう》にあっては太政大臣《だじょうだいじん》、野《や》にあっては国会議長、君、少年老い易く学なりがたしじゃ。客気《かっき》愛すべし」

相手は子規のちいさな背中を見てうなずいた。

この頃、地方から上京し勉学に励む書生はほとんどが大臣、政治家を目指していた。

「正岡さんも将来はやはり大臣を希望ですか？」

「いや、あしはもう大臣はやめた。あしは文芸をきわめたいと思とらい」

「文芸ですか」

「そうじゃ文芸じゃ。文芸小説じゃ。君は坪内逍遥先生を知っとるかなもし」

「ツボウチ……、知りません。勉強不足で申し訳ありません」

「坪内逍遥先生は小説家ぞなもし。それはたいしたもんじゃ」

「小説を書く人ですか。正岡さんは小説をお書きになるのですか」

「書きたいと思うとるが、それには才というものがいらい。それがあしには欠けとる。けんどやってみな、わからん」

「は、はい」

やがて前方に屋台の灯《あか》りが見えた。

子規は歩調を早めた。

「何事もまず身体に滋養をつけんとならんぞ。腹が空いてしまうと血が皆腹の方に行ってしもうて頭の中に何も浮かばん」

子規は屋台の蕎麦を三杯食べて、この若い隣人に代金を払わせた。

子規にはこういう無頓着《むとんちゃく》なところがあった。

帰る道すがら子規は後輩に学内での処世を語った。

二人が歩いていると人力車が一台駿河台下《するがだいした》の方からやってきて、表通りで一人の女が車を下りてきた。

女は車夫に何事かを言い、子規たちの方にむかって歩いてきた。

子規は後輩の袖《そで》を引っ張り暗がりに寄った。

女は路地に消えた。

「どうしましたか」

後輩が小声で訊いた。

「この時間に婦女子が一人でおるんじゃやけん、あしらがあらわれると相手がおじけるぞなもし」

「はあ……」

子規は満足そうに女の消えた路地を一瞥《いちべつ》して寄宿舎にむかった。

翌朝、子規は部屋の戸を叩く音で目覚めた。寄宿生の誰かしらが子規に起床を知らせたのだ。勿論《もちろん》、子規が頼んでおいたものだ。

また戸を叩く音がした。

子規は夢から醒《さ》めたように天井を見た。

子規の目覚めは良い。それでも子規はすぐに起き上がらず天井をじっと見ている。

今しがた見ていた夢を思い返そうとしているのだ。

子規はしばらく天井を見ていたが、むくっと起き上がった。

寝床の枕元には何枚もの半紙が散らばっている。

昨晩、五十句を作り上げようと意気込んではじめた創作の跡である。五十句には到底およばなかったが、三十句は一気に作っていた。

子規は宿舎の賄《まかな》いに行った。

すでに何人かの書生が飯を掻《か》き込んでいた。書生たちは朝早くから勉学に励んだ。当時の勉学は教本にしても大半が海外の原書であり、自らがこれを翻訳し理解しなくてはならなかった。参考書というものがなかった。そのために書生たちは時間を惜しんで学ばねばならなかった。

子規が賄いに顔を出すと、書生たちが挨拶した。子規は笑って挨拶に応える。子規はすでに上京して四年が過ぎ、東京のあちこちに居を移し、田舎から上京した書生が多いこの宿舎ではいっぱしの東京通であり、寄宿生の中でも別格な扱いを受けていた。その上子規には訪ねてくる客が多かった。中等学校の教師よりも年長者が、正岡さんは在舎ですかと敬語で尋ねる。同輩、歳下の者も、毎日訪れる。子規には人を引きつける妙な力があった。

「正岡さん、おはようございます。昨晩は教本をありがとうございます」

子規は一杯目の飯を口に放り込みながら相手を見た。

昨晩、部屋を訪ねてきた伊那出身の書生だった。

「おう、哲学の勉強はできたんかなもし」

「は、はい。辞書を引き引き苦労しどおしでした」

「君はそれでも辞書を引く辛抱《しんぼう》があるけんええわい。あしは英語がいなげな（奇妙な）もんにしか見えりゃあせん」

「正岡さん、五十句は完成しましたか？」

書生は昨夜、子規が説明した俳句の創作のことを訊いた。

「うん、五十句はかなわんかったけんど、まあ二十、三十はでけたぞなもし」

「三十句もですか。それを朝まで創作しておられたのですか」

「さあのう、朝までにはならんかったろう。寝てしもうたで、ようはわからんがのう」

「でも正岡さんは本当によく励まれると評判です。昼中は講義に出られて、午後からはべーすぼーる、夜は学校の勉学に、俳句の創作……、正岡さんは寝る間も惜しんで励まれています。本当に評判どおりの人です」

「そげなもんが評判かい」

「はい、正岡さんは何事であれ人の何倍もなさると評判です」

「それはちいっとおかしな評判ぞなもし。あしは面白いもんをただやっとるだけじゃ」

「そこが他の人と違うのです。私など哲学ひとつできりきりまいです」

子規はすでに二杯目の飯を食べはじめている。

「ハッハハ、そうかや、でんも東京は広いからまだまだいろんな面白いもんがようけあるぞなもし。今度いっぺん浅草《あさくさ》に浄瑠璃《じょうるり》見物に連れて行こか。それとも寄席《よせ》に落語を聴きに行くのもええもんぞ」

「浄瑠璃、落語ですか。何事も自分の目で見てみることよ。浄瑠璃には日本の伝統ちゅうもんがあろうが。それに……」

「ああ立つわい。何事も自分の目で見てみることよ。浄瑠璃には日本の伝統ちゅうも
「それに何ですか？」

「泣けるぞなもし」

「泣ける？」

身を乗り出してきた相手にむかって子規は眉毛をへの字にして言った。

「そりゃあ、不憫《ふびん》で泣けるぞな」

「はあ……」

賄いにいた他の書生たちは次から次に飯を済ませて席を立ち学校にむかう。

「では私もこれで失礼します」

相手が立ち上がった。

子規はゆっくりである。

立ち去ろうとした書生が振りむいた。

「正岡さん、言い忘れてました。昨晩は教本をお借りした上に蕎麦屋まで連れて行っていただき、そして婦女子への作法までご伝授いただきありがとうございました」

頭を深々と下げている相手に子規は、

――婦女子とは何ぞな？

と首をかしげた。

そこに宿舎の小使いの男があらわれ手紙を差し出した。

「正岡さん、昨日、あなたに手紙が届いておりましたのを渡しそびれました」

宛名の筆文字を見て子規はそれが母の八重《やえ》からの手紙とわかった。

開封すると、八重のやわらかで美しい文字が目に入ってきた。

升《のぼる》さまく、

と子規の幼名を綴《つづ》った手紙は時候の挨拶からはじまり、祖父、大原観山の十三回忌を済ませたのちも、まだ遠地に行った旧藩の方々から供養の訪問があることや、甥《おい》が来年上京することなどが綴られ、最後に妹の律《りつ》が嫁ぎ先から戻《とつ》ってきたことがさらりと報せてあった。

――律は戻ったんか……。

子規は気の強い妹の顔を思い浮かべた。

子規は手紙を読み終えると、ごちそうさん、と大声で言い、早足で自室に戻ると部屋に散在していた半紙の一枚を拾い上げ、母に宛てて手紙をしたためはじめた。

この筆勢がおそろしく速い。〝筆翰《ひっかん》如《ながるるがごとし》レ流〟。まさに筆の運びが水の流れるように速い。それでいて母に出す手紙であるから筆致はまことに美しく丁寧である。これは単に子規が筆達者というだけではない。子規の頭の中に書くべき文章がすらすらと浮かび、これを筆が追うというか、筆先が次の文字を引き出しているようにさえ見える。

この素養を子規に与えたのは母の八重の息子に対する教育の決意であり、直接、子規におそるべき力を与え、その力を引き出したのは二人の人物であった。外祖父、大原観山と伯父、佐伯政房である。

子規が六歳の春、父、常尚《つねなお》が大好物の酒が原因で身体をこわし病死する。残されたのは若き母と六歳の息子に三歳の娘であった。この若き未亡人を救ったのは彼女の実家、大原家であった。八重の父、大原観山は藩校明教館《めいきょうかん》教授であり、裕福であった。

八重の弟、恒徳《つねのり》が子規の後見人となった。

八重は子規にきちんとした教育を受けさせることを決意する。書は夫の兄である佐伯半弥《はんや》こと政房の下に通わせる。政房は松山藩の祐筆までつとめたほどの人で維新以後書道家として書を教えていた。六歳の子供に松山藩で一、二を争う人物から書を直伝されるようにしたのである。たちまち子規は習字を好きになり、周囲の子供と比べても図抜けて上質の書を体得しはじめた。

そして翌年、八重は実父の下に息子を通わせる。父、観山は松山でその名を知らぬ人はないほどの知識人であり、その上人格の高潔な人であった。この人の開いた〝観山塾〟に松山の多くの子弟が通っていた。

八重は子規一人で観山の下に通わせての勉学は辛《つら》いと思い、近所に住む同じく親戚で観山の甥の三並良《みなみはじめ》と二人して、父の下に行かせた。良は子規より二歳上の男児であった。

子規は観山にとって初孫である。可愛《かわい》くないはずはない。観山はこの孫にいきなり漢詩を素読《そどく》させた。これが観山の教育者としての優れた点であった。七歳の子供であるから到底漢詩の内容は理解できない。だが素読という教育方法は子供の身体の中に文章をそっくりそのまま注《そそ》ぎ込む。解釈は当然ない。これが生半可《なまはんか》な解釈より、無垢《むく》な身体に文章を入れた方が本質を植えつけることがある。漢籍という大きな根をそっくり子規に与えてみたのである。これを受け入れる器が子供の中にあれば後になって、その根から幹は伸び、枝葉は放っておいても盛り大樹となる。

はたして子規は孟子《もうし》でさえ諳《そら》んじはじめた。観山はおおいに喜び、子規と良の二人だけは門人の師範にまかせずに自らが教えた。教え甲斐のある子であった。観山は嬉しさにこう語っている。

「升はなんぼたんと教えてやっても覚えるけ、教えてやるのが楽しみじゃ」

子規がどれほど優秀な子供で、その将来を観山が期待していたにせよ、まだ七歳の子供である。その子供がまだ夜も明けやらぬ朝の五時前に起床し、着換えをして、習学用の板を一枚かかえて家を出て暗い道を歩き出すことはたやすいことではない。

八重は時間になると子規をやさしく起こし、半目を開いた息子の鼻先に彼の好物の餅《もち》や飴玉《あめだま》を見せ、それを手で取ろうとする息子から少しずつ好物を持ち上げ蒲団《ふとん》から起こした。少年は好物を目とちいさな身体で追いながら、家に迎えに来た友だちと二人で塾までの道を歩いた。塾にむかってくる初孫と甥っ子を観山が自ら塾の門前に立ち迎えた朝が度々《たびたび》あった。

父と娘は、孫と我が子のために出来得るすべてのことをしようとした。

父、観山は子規に素読を教えはじめた一年半後に病に倒れ、観山がこの人と見込んだ儒学者、土屋三平《つちやさんぺい》に孫と甥の教授を頼んだ。二人は同じように夜明け前に家を出て新しい師の門を叩いたのである。

夏目漱石《なつめそうせき》、森鷗外《もりおうがい》と並んで明治期、日本の近代文学のひとつの峰《みね》を築いた子規の素養の基礎は、実に母と祖父の決意と愛情からはじまったといえよう。

子規は寄宿舎を出ると、郵便局に立ち寄り、母への手紙を投函《とうかん》した。

子規の歩調は軽やかである。

やがて前方に第一高等中学校の建物が見えてきた。

キャンパスに入ると、あちこちから子規に声がかかった。

子規は学内でも知己《ちき》を得た者が多く、その人柄からも人気があった。

「ノボさん」

声に振りむくと、べーすぼーるのグローブを手にした書生が一人笑って立っていた。

「おう君か、もう試合かや」

「いや練習だ。どうだい君も来ないか」

「あしはこれから講義ぞな。給費生の身としては落第はでけんけんの。せっかくの誘いじゃけど今はかなわんぞなもし。まっこと残念じゃ」

「そうかい、その気になったら本校の農学部の運動場でやっているから」

「農学部の運動場じゃな、わかった」

子規が校舎にむかっていると同じ講義を受けている同級生が手を振った。

「正岡君、君、今日の講義の準備はしてきたかい」

「いいや、それが昨晩、俳句を作っとったんよ。じゃけん準備の方は何もできんかった。もっとも英語はさっぱりいけんけん、準備も何もないぞなもし」

「ハッハハ、正岡君らしいな」

二人が校舎に入り教室にむかって行くと流暢《りゅうちょう》な英語が聞こえてきた。見ると廊下の隅《すみ》で英語の教師であるストレンジと二人の書生が話をしていた。

「ほう、たいした学生がおるぞなもし」

子規は感心したように三人を見た。

書生の一人は大きな目を相手にむけ腕組みして話を聞いていた。性格の強そうな鼻と大きな目が印象的だった。

「あれは秀才ぞな」

「こちらの腕組みしているのは夏目《なつめ》金之助《きんのすけ》君だ。首席の成績らしい」

「ほう、首席かや……」

子規は腕組みしている書生の顔をまじまじと見た。

——秀才、夏目金之助君か。なるほど賢そうな面《かお》をしとる。

のちの文豪、夏目漱石の若き姿である。

子規はこの日講義を済ませると、本郷《ほんごう》界隈の古書店を回った。

本郷には書生、学士や、この辺りに住む好事家《こうずか》を相手に古書を商う小店が何軒かあった。

子規はその中の一軒に入った。

古書店は独特の匂いがする。これを子規は嫌いではなかった。古紙と墨《すみ》の匂いである。

「何かお探しで？」

店の主人らしきゴマ塩頭の男が奥からはたき片手にあらわれた。

「古俳句もんは何かあるんかのう」

「ほう俳句をなさるんですか。お若いのになかなかですな」

「やるほどのことではないぞな。まあ俳号はふたつ、みっつあるけんどな」

「それは本格的ですな。それで古俳句はどの俳諧師《はいかいし》あたりをお探しで」

「うん、どのあたりがええかなもし」

「はあ、やはり芭蕉《ばしよう》ですか」

「ふ〜ん、芭蕉か、あれは偉《えろ》うに扱われすぎて面白味がないけえのう」

「ほう、芭蕉が面白くない」

「これは何ぞなもし？『明烏《あけがらす》』か、妙な名じゃのう」

子規は一冊の古い句集を手にした。

「ああ、それは蕪村《ぶそん》と言いまして江戸の人で俳句よりも画がよろしい方です。句はたいしたことはありません。俳画はなかなか人気があります。どこかにあったと思いますが。ああこれこれ」

竹林に鷹《たか》がとまって遠景に険しい崖《がけ》が描かれている。画号は〝春星《しゅんせい》〟とある。

「どーれ、おう、なかなかぞな。南宗《なんしゅう》の影響を受けとるな」

「おや、書生さん、お若いのに物識《ものし》りですな」

子規は佐伯政房に書を教わって以来、筆を使うことが好きになり、十二歳の時、葛《かっ》飾北斎《しかほくさい》の「画道独稽古《ひとりげいこ》」を丹念に模写している。この時、少年、子規は自分も気付かぬうちに絵ごころというものを自ら筆を動かすことで体得していた。

「お買いになりますならこれがよろしいですよ」

主人は子規が名前も知らなかった蕪村の画帳をすすめた。

「これはいくらぞなもし」

主人は片手をひろげた。

「そりゃいくらのことぞな」

「五円です」

「五円？　わや(無茶)なことを言うたらいかんで。あしは給費生ぞな。話にならん」

この時、子規が久松家から給費されている月の金額が七円だった。それで東京で一ヵ月十分暮らしていける額だった。

「こっちの句集はいくらぞな？」

「そっちは十五銭です」

「う〜ん、ちいっと高いの」

「では十三銭で」

「十銭なら買えらい」

「わかりました十銭で。お若いのに商いもお上手ですな」

主人の声に子規はニンマリとした。

今夏、帰省した折、子規は大原其戎《きじゆう》に俳句を学ぶにはどうすればいいのかを尋ねた。其戎はありきたりのことだが古《いにしえ》の良い句にふれることと、毎日創作をすることを伝えた。

子規は実家に戻ると、さっそく俳句の創作に取りかかっている。一日一句のつもりが子規の頭の中からはどんどん句が出てくる。十句、二十句はたちまちできてしまう。

これが子規のすべての創作における不思議なところである。どうやらこれが俳句というものらしいという感触をつかむと、そこからは直感で創作をする。柘榴《ざくろ》の実ひとつが頭に浮かぶと柘榴の句がたちまち五、十句と飛び出してくる。生みの苦しみというものがまったくない。それどころかあまりに句が浮かび過ぎて自分でもほどなく柘榴に飽いてしまう。そうして手元にあった其戎からもらい受けてきた「真砂《まさご》の志良辺《しらべ》」をめくり、そこに三津《みつ》の浜や瀬戸内海の海景を詠《よ》んだ句を見つけると、これもたちまち海の句が何句も誕生するのである。おそるべき速さで創作していくすべての作品を記述し、書き留めておく作業は丹念であった。驚くほどの数の俳句、短歌、そしてそこに当時の身辺雑記から見物に出かけた浄瑠璃小屋の感想、寄席で笑ったこと、浅草で食したものまでが書き留められる。

俳句に関しては、子規はまだ目覚めてはいない。其戎の許《もと》に送った一句が「真砂の志良辺」の第九十二号に掲載されている。子規自身それを喜んだが、彼は掲載を当然のごとく受け止めていた。子規は上京した後も、毎号「東京、丈鬼《じょうき》」という俳号で投句していた。ただ子規は俳句の創作を続けていても、いかなる句が人のこころをとらえるのかがわからないままだった。それで古い俳句を見てみようと思ったのだった。

表に出て子規は、その蕪村なる俳諧師の句集をぱらぱらとめくってみたが、さして目に留まる句もなかったので、それを懐《ふところ》にしまった。

腹が空《す》いた。

朝飯を食べてから何も腹に入れていない。

——さて何を喰うちゃろうか。

子規は無類の大食漢である。何しろ食べるものには目がないし、その量も半端《はんぱ》ではない。しかも今は二十一歳の食べ盛りである。

子規は道の中央に立って鼻を鳴らすような仕草をした。

途端《とたん》に三並良のあのおとなしい顔が浮かび、その良が珍しく嬉しそうに笑った顔がよみがえった。

「ノボさん、これはまっこと美味いぞなもし」

「そうやろう。美味かろう。美味かろうが。こいが東京の鰻《うなぎ》ぞなもし」

三並良は幼い時からともに過ごし、観山の下にも二人して通った仲である。この良をはじめて上野の鰻屋に連れて行き、普段はおだやかで感情をあまり表に出さない良が東京の鰻丼《うなどん》をひと口食べて目を丸くした時の表情が浮かんだのだ。

松山にも鰻はあるが東京とは味が違う。調理のやり方が違うのだ。垂れ汁と焼き加減である。食べものに関しては東京と松山では雲泥《うんでい》の差がある。のんびりとした松山と違って東京の食べものを扱う者は何事も丁寧である。子規は上京して以来、さまざまなことに感心したが、その中でも食べものの美味さと種類の多さは嬉しかった。

子規は子供の時から食べものには目がなかった。母の八重が赤児《あかご》の子規の口に食べものを運んでやるといつまで食べてもやめようとしなかったほどだ。

子規は本郷の坂を急ぎ足で下りはじめた。

上野までひとっ走りだ。


子規は上野から浅草にむかって歩いている。

額に汗がにじんでいるが、たらふく食べた腹がこなれるには丁度いい。

鰻の丼《どんぶり》を二杯平げてやった。

一杯目をあっという間に平げて、もひとつおくれ、と大声で言うと店の女が目を丸くして空になった丼を見ていた。

子規は歩きながら三並良に礼を言った。

——良さん、あんたのお蔭で美味いもんを腹一杯食べられたぞなもし。だんだん（ありがとう）。

子規には友人を敬うという気持ちが自然にわいてくる。友人というものが常にそばにいてともに過ごすことが当たり前だと思っている。人と出逢い、その相手が友としてかなうと信じたら、信頼し、生涯友という気持ちを忘れない。その子規の熱のようなものが相手に伝わるし、子規のぬくもりにいったんふれた者は、また子規のぬくもりにふれようと訪ねてくる。しかし子規には己の熱やぬくもりを意識するところがまったくない。それがまた友たちにこころの垣根を外させている。

子規はひたすら歩く。

隅田川《すみだがわ》の川風が届く。子規は水の匂いに敏感である。

浅草にむかっているのは、先刻の鰻屋の壁に寄席の宣伝チラシが貼《は》ってあるのを目にしたからだ。おまけに鰻屋の二階から浄瑠璃の稽古をする声が聞こえた。店の主人が習っていたのだろう。決して上手くないが浄瑠璃の調子を耳にしているうちに子規は寄席の賑《にぎ》わいにこころ引かれたのだ。

寄席はいたるところにあった。いっときは町内にひとつ寄席が小屋を出す全盛時もあった。しかし芸は浅草で上等なものを見た方がいい。

駒形《こまがた》までくると前方に人だかりが見えた。

――何ぞなもし、あれは……。

近づくと人だかりの中心で男が壇上に上がって演説をしていた。

立派な口髭《くちひげ》を生《は》やした男である。

「先の外相、井上馨《いのうえかおる》がごときは条約改正交渉を勝手に中止し……、海外諸国のまさに傀儡《かいらい》であり……、これを挽回《ばんかい》せしむることは民権運動の……、諸君、生きて奴隷《どれい》の民たらんより死して自由の鬼たらん」

見物人からいっせいに拍手が沸《わ》き起った。

——ほうなかなかやるぞなもし……。

この年の七月、外相井上馨がかねてからの諸国との条約改正交渉をいきなり中止決定したことに民権運動家たちが抗議し、全国各地から活動家が上京した。元老院に建《けん》白書《ぱくしょ》を提出し、各所で抗議集会を開いていた。

「そいじゃ、自由の鬼たらん」

子規が壇上の男にむかって大声を出した。男は子規に手を上げ、また演説をはじめた。

子規は浅草にむかって歩き出した。

——生きて奴隷の民たらんより死して自由の鬼たらんか……。やはり演説はええもんじゃのう。ああいう方があしにはむいとる気がするのう。

子規は歩きながら、先刻の男を羨《うらや》ましく思った。

子規は演説好きだった。

松山中学にいる時、子規は何度も生徒の前で演説をした。

当時、演説は全国にひろまり、大人も若者もこぞって演説に夢中になった。演説は地方の若者が自分たちの将来の夢である大臣になるために必須のものだった。書生たちも同じで誰もが壇上に登り、演説を試みた。世の中の何たるかを知らずとも若者は演説することに酔ったのである。

子規も上京した時は、〝朝にあっては太政大臣、野にあっては国会議長〟を目指していた。それがこの頃は大臣も議長も自分の性分に合っていないように思いはじめてきた。

では何を将来やるのか。実のところは何も定まっていない。専攻しようとした哲学でさえ怪しくなってきた。

昨晩、部屋を訪ねてきた書生には、あしは文芸をきわめたい、と言ったのだが、それもたしかではないのだ。

たしかに子規は上京して坪内逍遥の『当世書生気質《とうせいしょせいかたぎ》』を読んで衝撃を受けた。小説こそが自分が探していたものだと確信した。ところが小説ばかりは書き出そうとしたが想像より厄介《やっかい》だった。

短歌や俳句、演説と違って、かたちから入ろうにも書くものが、題材が見つからなかった。小説が手強《てごわ》いことは子規にはすぐにわかった。ただ子規が衝撃を受けた逍遥の『当世書生気質』でさえ逍遥自身がそれまで執筆していた戯文《ぎぶん》の領域を出ることができていなかった。小説が近代文学として確立するまでには、幸田露伴《こうだろはん》、森鷗外が登場し、この日、子規がキャンパスで出逢った夏目金之助が漱石《そうせき》となり、小説家として出現するのを待たねばならなかったのである。

子規は寄席小屋の席で浄瑠璃に涙していた。

「ほんに哀しいことじゃのう」

うなずきながら見つめている。

演じられているのは、今夏から評判の演目で、待合《まちあい》〝酔月楼《すいげつろう》〟の女将《おかみ》、花井《はない》お梅《うめ》が使用人、八杉峰吉《やすぎみねきち》を恋沙汰《こいざた》から刺殺した事件を芝居にしたものだった。

客席にあちこちですすり泣きが聞こえた。

「ほんに、ほんに哀しいことじゃのう」

子規は涙も拭《ぬぐ》わず舞台を見つめていた。

やがて幕が下り、子規は小屋を出た。

子規の足は川風に誘われていつしか隅田川にかかる橋を登っていた。

橋の中央の欄干《らんかん》に子規は身体をあずけて川面《かわも》を見ていた。

「男と女は哀しいもんぞなもし……」

子規は今しがた見たお梅の行動に恋のあわれを感じずにはいられなかった。

子規が人目もかまわず涙していると向島《むこうじま》の方から傘を差した女性が一人こちらにむかって歩いてくるのが見えた。

子規はあわてて涙を拭い、唇《くちびる》を結んで上野の山の方角を見た。

明治二十年の暮れが押し迫って、書生はそれぞれ帰省や正月を迎えるこころがまえをする時期であったが、子規《しき》は時候のことなどまったく頭になかった。

この日も日本橋の伊勢本《いせもと》に円遊《えんゆう》を聴きに行くため、魚河岸《うおがし》を過ぎ、大東京の米を一手に商う米河岸を横目で見ながら江戸橋《えどばし》に近づくと、橋の袂《たもと》に立って手を振る二人の書生の姿が目に止まった。

「ノボさん、ノボさ〜ん」

子規を幼少の呼び名で叫ぶのは伊予《いよ》の者である。

秋山真之《あきやまさねゆき》と井林広政《いばやしひろまさ》である。二人とも子供のように飛びはねている。

もう一人書生がいた。陸奥《むつ》出身の関甲子郎《せきこうしろう》である。三人ともかつて予備門の同級生であった。

「ノボさん、そうたいぶり（ひさしぶり）じゃのう」

広政が嬉しそうに言った。

「ヒロさん、そうたいぶりはなかろうが、二日前に逢《お》うたばかりぞなもし」

子規が笑って言った。

「そうやがそうたいぶりじゃ」

広政は感激屋の性格である。

「甲子郎君、元気やったかなもし」

子規が甲子郎に声をかけた。

「ああ、ステテコ踊りが見られるというんで来たんだ。どうせつまらないと思うが」

甲子郎は思ったことをすぐ口にする。大の負けず嫌いであった。

「まあ見てみればわからい」

子規は言ってニヤリと笑った。

子規のその表情を見て真之と広政は顔を見合わせてうなずいた。

子規がこの顔をする時は決って愉快なことが待ち受けているのを松山時代から知っていた。

「真之さん、兵学校の方はどないじゃ」

子規の言葉に真之はただ笑ってうなずいた。

子規も真之も昨年清水則遠《しみずのりとお》が亡くなって、その供養《くよう》が終って以来だったから懐《なつ》かしさと嬉しさで一杯だった。松山から上京してきた仲間の中で、ただひとり亡くなってしまった友だった。

「今、入っても前座の下手な落語じゃからまず腹ごしらえをしょうや」

「それがええ。あしら腹がペコペコじゃ」

「そいやろう思うて目星をつけとった店があるけん、そこを案内しよわい」

子規の言葉に三人は同時にうなずいた。

三人とも子規の食通振りはよく知っていた。

子規を先頭に四人は材木を運ぶ男衆たちの間を歩き、次に大根や青物店の並ぶ筋を抜けて行った。

「おう、ここにも寄席《よせ》があらい」

「ここは木原亭《きわらてい》じゃ。年明けに圓朝《えんちょう》がここで〝牡丹灯籠《ぼたんどうろう》〟をかけるそうじゃ。今日見る円遊も円生《えんしょう》、円右《えんう》、円丸《えんまる》も皆圓朝の弟子じゃけんの。名人はたいしたもんよ」

「圓朝はそんなに偉いんかのう」

「そりゃ名人ぞな。今日行く伊勢本でも木戸銭《きどせん》の三銭五厘が圓朝がトリなら四銭にならい」

「ほう、そんなんか」

やがて前方に店々から煙が立ったり、屋台が並んだ一帯が見えてきた。

「ほう、こんな所があるんじゃな」

広政が感心したように店や屋台を見て言った。

「〝食傷新道《しょくしょうじんみち》〟と呼んどる。どこも美味いぞな」

「どこに入るかのう、ノボさん」

「安うて美味いのは鳥やのう。鮨《すし》は屋台でも値が張ろう」

「鳥もええが鮨もええのう」

「今日は木戸銭がかかるけん鳥にしようや」

「おう、そうじゃった」

美味《うま》い鳥鍋《とりなべ》だった。四人はたらふく食べて店を出た。

白木屋《しろきや》の脇から大通りの鉄道馬車道を室町《むろまち》にむかった。

「ここらの道は立派な電灯がついとるのう」

真之が街路灯を見上げて言った。

「おう、夕刻になると、そりゃ綺麗なもんじゃ」

「そりゃいっぺん見たいもんじゃ」

真之が珍しく自分の意見を言った。

大通りから三越《みつこし》の向いを少し入った場所に伊勢本はあった。

木戸口が広くて立派な寄席であった。

中からラッパの音色が聞こえ、客たちがドーッと声を上げた。

「あのラッパは円太郎《えんたろう》かのう」

子規が言った。

すると木戸番が、そうでげすと応えた。

広政が下足番《げそくばん》に履物《はきもの》を預けた。

真之は袴《はかま》の裾《すそ》の泥を払っていた。それを見て子規が真之に小声で言った。

「真之さん、袴の丈《たけ》が長過ぎるぞ。そいじゃ自分が田舎者《いなかもの》と主張しておると同じじゃ」

言われて真之は子規の足元を見返した。

子規の袴は東京風に短く直してある。これが当節の東京の書生の流行であった。

「第一、そいじゃ動き難《にく》かろうが」

「じゃけど、これは一張羅《いっちょうら》ぞな」

「一張羅であれ、おまえがよう言うとる機能言うもんが肝心じゃろう」

真之は黙ってしまった。それを見て子規は真之の肩を叩いた。

木戸を入るとすぐ左手に茶番がいた。若い娘が茶と菓子を売っている。

子規は、菓子をおくれ、と娘に言い四人分の菓子を買い求め、それを皆に渡した。

四人はそれを懐《ふところ》の中に仕舞い梯子段《はしごだん》を登って二階桟敷《さじき》に上がった。

客は満員である。

子規が席にむかおうとすると下手《しもて》の学生服姿の二人連れが目に止まった。

一人は見覚えがある顔だった。

「あれは秀才、夏目金之助《なつめきんのすけ》君か……」

子規は秀才がこんな場所に来るとは思わなかった。

むこうもちらりと子規の方を見ていた気がした。

――意外とさばけた男かもしれん……。

子規はそう思った。

年の暮れのせいもあってか場内はたいした混みようだった。いつもより客がざわついている。

時折、えらく大きい掛け声が聞こえる。酔っているのだろう。

人いきれと吹かした煙草《たばこ》の煙で天井あたりに熱気が渦巻《うずま》いている。

子規が見たところでは四百は入っている。いや五百に届くか。

客の顔ぶれはいろいろである。

日本橋は三越、白木屋などの老舗《しにせ》の商家が店を出しているように東京では高級な品物を扱う場所だ。これを買い求める上客がやって来る。同時に魚河岸、米河岸、青物商、材木商が揃《そろ》っているから仲買いの大店《おおだな》が何軒もあり、若い衆が大勢集って来る。米、材木には相場が立つので合百《ごうひゃく》と呼ばれる相場師や一発屋も集まる。ともかく早朝から東京で一番賑《にぎ》わう場所だ。

客も一《ピン》からキリまである。身なりのちゃんとしたのもいれば河岸の若衆などは半裸である。面白いもので人は同じ匂いのするもの同士が集まる。下手には身なりのよい客が多く席もややゆったりしている。上手《かみて》は客が詰め合いざわつきも大声もこちらから聞こえる。

子規は下手を見た。

かたわらから真之の声がした。

「ノボさん、たまげた（驚いた）数の人ぞなもし」

子規は真之の声にうなずきながら言った。

「真之さん、あそこに学士が二人おろうが……」

真之が子規の目線の先を追った。

「ああ、おる」

「手前のちょいと鼻の大きい腕組みしちょる学士。あれが夏目金之助言う男で、あしのところでは一番の秀才じゃ」

真之はまじまじと相手を見て言った。

「秀才はノボさんと同じじゃが」

「いんや、あれはほんまの秀才じゃ」

「秀才がこげなところに来るんか」

「うん、そこがなかなか見どころがあるんかもしれん。人は逢《お》うて話してみなわからんけんの。夏目は東京の者じゃ」

「話してもおらんのにわかるんか？」

「おお、これじゃ」

子規が鼻に指先を当てた。

「鼻が大きいのがか？」

「匂いじゃ。東京の者には東京の匂いがあるぞな。田舎者には田舎の匂いがすらい」

子規の言葉に真之が自分の筒袖《つつそで》に鼻をつけてかぎはじめた。

「あしらは匂わん。真之さんもあしも東京の中に入ろうとしとるけんのう」

「東京？」

その時、鳴り物の音がして場内が沸《わ》いた。

講談師が登場した。講談は寄席で落語と並んで人気がある。

〝太平記〟がはじまった。

皆が聞き惚《ほ》れているが、ざわつきはおさまらない。あとからあとから人が入ってくる。円遊人気だろうが、さすがに日本橋の看板の寄席である。

講談がヤマ場に入り合戦の場面になると舞台の上手、下手の燭台《しょくだい》の火がかすかに揺れはじめた。客はその効果とともに固唾《かたず》を飲んで聴いている。

子規は落語より講談、浄瑠璃《じょうるり》の方が好きだ。解り易いし、話にヤマがある。聞き入っているうちに涙を落すこともしばしばである。興奮すれば思わず膝《ひざ》を打ち、声を出している。

落語は小咄《こばなし》などになると物足りない。話のオチも微妙になると隣りの席の者が、さすがと言ってもよく解らない。東京の者はそれが面白いらしい。

ところが秋の初めに京橋《きょうばし》の金沢亭《かなざわてい》で聴いた名人、三遊亭《さんゆうてい》圓朝の〝牡丹灯籠〟には驚いた。語り口も素晴らしいが、この演目のために圓朝の背後に灯籠の灯《ひ》がうごめく絵がかかっている。これには背筋がぞくっとした。

死んだお露《つゆ》の死霊が恋人の新三郎《しんざぶろう》のところに忍び寄る。かたわらの客たちの生唾《なまつば》を飲む音まで聞こえた。

あとになって聞けば、〝牡丹灯籠〟は圓朝が自ら作った新作だという。

――たいしたものじゃ、圓朝という落語家は。

浄瑠璃、講談を超えたものを見聞《けんぶん》した気がした。

場内に拍手が起こり、講談師が頭を下げて舞台の袖に下がった。

甲子郎も拍手している。

「甲子郎君、どうじゃ、今のは」

「講談はいいよ。陸奥におった時からよく聴いておった。〝太平記〟は好きな演目だし」

「次がステテコじゃ」

途端に甲子郎は不満気な顔をした。

「まあ饅頭《まんじゅう》でも食べようや」

子規が先刻、茶番から買った饅頭を懐から出し皆に見せた。皆が同じように食べはじめた。子規が、美味いと言うと、皆がうなずいて饅頭を頬張《ほおば》った。

子規が何事かをはじめると仲間はそれに倣《なら》う。

子規には妙に人に好かれるところがあった。

一度子規に逢い、子規と語り合うと相手は必ず再度子規を訪ねてきた。何人かの若者が子規を中心に集い、そこで過ごす。今日のように何かを皆で見物する時もあるが、そうでなくとも子規の周りには人が集まってくる。

これは松山時代からそうであった。

あえて理由を挙げるなら、子規もまた人を、友を好く気質なのであろう。人がやって来たり、偶然、道端で逢うと、子規は大変に嬉しがる。素直に再会を喜ぶ。

では子規が逢う人を誰でも好むかというとこれが違う。子規は相手が嫌な人間だと思うと口もきかないどころか、その場からすたすたと離れてしまう。子規はのちにこう書いている。

『余は交際を好む者なり……。すきな人ハ無暗《むやみ》にすきにて嫌ひな人ハ無暗にきらひなり』

これは後に生涯の友となる夏目漱石《そうせき》こと夏目金之助と同じ性分だった。

場内がざわめいている。

鳴物が音を立てた途端、小屋が揺れたように人が沸いた。

小柄な円遊が大きく見える。客席のあちこちから声がかかる。その声に反応するかのように顔をむけ会釈《えしやく》して挨拶したように映る。客の気をそらさない。独特の才能である。

高座に座った。円遊がお辞儀《じぎ》をし顔をゆっくり上げ客席をさらりと見回し咄をはじめようと口を開きかけた時、客席から、「ハナ」と大声がした。

すかさず円遊は自分の手でするりと大きな鼻をおさえた。

ドッと笑いが起こった。笑いがおさまりかけ円遊が少し身を乗り出し、咄の端《はな》を切ろうとすると、また、「ハナ」と声がかかった。

円遊はあわてて鼻に手を当て身を引いた。そこでまた先刻より大きな笑いが起こった。

間合いは絶品である。咄をさせていただけませんか、という困まった顔と声をかけてもらって嬉しいという複雑な表情には愛嬌《あいきよう》がある。円遊は四十歳直前で脂《あぶら》の乗り切った時期である。

円遊は東京小日向《こひなた》の生まれで、二代目五明楼玉輔《ごめいろうたますけ》門から自ら圓朝の門を叩いて弟子となった。圓朝はこの人に円遊の名を継がせた。三代目円遊だったが、この人を初代とするのは円遊の名前を世間に知らしめた功からだ。

芸に厳しい圓朝門下にあっては珍しく芸風が派手で何より愛嬌がある。そして十年ほど前からはじめたステテコ踊りがどの寄席でも大喝采《だいかっさい》を博し、当代一の人気者となった。

当節、この円遊とヘラヘラ坊主の万橘《まんきつ》、ラッパの橘家《たちばなや》円太郎（四代）、釜掘《かまほ》りの立川談志《たてかわだんし》（四代）が四天王と呼ばれ満都《まんと》の話題をさらっていた。

万橘のヘラヘラ坊主も円遊と同じ踊りである。円太郎のラッパは円太郎が馬車のラッパを吹きながら高座に上がり、客席にむかって「危ないよ」と馭者《ぎよしや》の真似をするだけであり、談志の釜掘りは太鼓の音に合わせて唐土《もろこし》二十四孝の郭巨《かくきよ》の釜掘りを身振りでやるだけのたわいもないものだった。

そんな芸が大衆に受けたのである。江戸っ子と呼ばれる人が支持したのではない。大東京と化そうとする東京はすでに半数以上が地方から上京した人で構成されていた。帝都というものの様相が大きく変化しようとしていた。国家全体で地方出身者が労働力、兵力すべての基礎となろうとしていた。

まだ草創の文芸運動においても地方で培《つちか》われた才気が都において華開《はな》こうとしていた時期でもあった。

円遊が咄をしている時にでも、相変らず客席から、ハナ、ハナと声がかかる。円遊も話し辛《づら》そうであった。子規も気になって声のかかる方を見た。酔客である。魚河岸の衆か、合百たちと思われた。合百は相場師と言っても元金も乏《とぼ》しい博奕《ばくち》を打っているような存在だ。

「静かにすたらどうだ」

突然、声がした。

すぐ近くの声に子規も驚いた。見ると甲子郎が立ち上がって酔客たちにむかって声を上げたところだった。甲子郎の正義感には一途《いちず》なところがある。子規は甲子郎のこの性格が好きだった。

子規は予備門で知り合ったこの北の若者を評して、こう書いている。

『関甲子郎、陸奥人、人に対しては高論放語傍若無人《ぼうじゃくぶじん》』

しかし腕相撲《うでずもう》、ボート漕《こ》ぎ競争、遠足などになると甲子郎を仲間の中で筆頭に置いている。

甲子郎はよほど熱血漢であったのだろう。

「何を書生野郎、もう一度言ってみやがれ。この田舎者が」

ハッハハハ、と客席から笑いが起こった。

たしかに甲子郎の言葉には訛《なま》りがあった。

――よう聞いとるもんじゃ。

子規が苦笑いしていると、すかさず下手で声がした。

「田舎者はそっちも同じだろう」

見ると夏目金之助の隣りにいた書生だった。

子規は事の成り行きを面白がった。

「何だと、この書生が」

この時、真之が立ち上がった。

「芸は静かに聞くもんぞなもし」

それに合わせて子規も大声で、

「ぞなもし」

と唱和した。

これで笑いが起こった。拍手が起こった。それは子規たちにではなく、高座で円遊がステテコ踊りをはじめたのだ。

子規は下手を見た。瞬間、秀才と目が合ったように思えた。

子規はうなずいた。相手も応えた気がした。

年が明けて、子規は陸羯南《くがかつなん》に逢いに出かけた。

羯南は子規の東京での後見人である。

五年前、松山で周囲の仲間達が次から次に上京して行く中で自分一人が松山にとり残された。

子規が上京するための唯一の伝《つて》は母、八重《やえ》の弟の拓川《たくせん》こと加藤恒忠《かとうつねただ》であった。子規は東京にいた拓川に、何度も自分が上京したいことを手紙に書いて送る。しかし拓川からの返答はいろよいものではなかった。まず松山中学高等科を卒業しろという内容だった。

明治十六年初夏、拓川が久松《ひさまつ》家の援助でヨーロッパ留学が決まった。洋行の夢を抱いていた拓川は大変に喜んだ。この勉学の功があり後に拓川はベルギー公使などを歴任した。

拓川は自分だけが幸運に恵まれてはと、かねてから上京を希望していた子規に上京の許可を与える手紙を送った。

その手紙を受け取った折の子規は、まさに天にも昇る心地であったと思われる。子規はこの時の喜びを生涯に亘《わた》って記憶し、後年になってからも書き留めている。

子規が生涯の中で嬉しかったことがいくつかあり、その筆頭に挙がるのが拓川からの上京をうながす報《しら》せであったとしている。

『余は生れてよりうれしきこと三度あり。第一ハ東京に来《きた》れといふ手紙来りし』

手紙を受け取った翌々日にはもう松山を出発している。よほど上京したかったのであろう。ずいぶんと用意がいいように思われるが、実はその時すでに子規は勝手に松山中学を退学していた。

上京した子規に拓川は司法省法学校で同窓生の盟友、陸羯南に逢いに行くように命じた。

拓川も渡欧の準備で忙しく、子規は一人で羯南に挨拶に出かけた。

羯南は津軽《つがる》藩の貧乏藩士の家に生まれ、大志を抱き法学校に入学したが三年生の時にストライキを起こし退学させられた。その後羯南は各地を転々とし、また東京に戻って太政官の文書局で法学校で学んだフランス語学力を活かして翻訳の仕事などをしていた。

盟友の甥《おい》が逢いに来たので羯南は喜んで迎えた。

羯南は最初、浴衣《ゆかた》に兵児帯《へこおび》を巻いた子規をいかにも田舎の若者だと思ったが、話してみると口数は少なかったが妙に他の同年輩の若者より大人じみた所があるのに気付いた。羯南は自分の甥と引き合わせ、二人が話す様子を眺めると、子規は甥と比較にならぬほどしっかりしているのに驚いた。以来、羯南はこの若者に逢うのが愉《たの》しみになり、後援者として生涯子規を支えることになる。

羯南は子規の顔に張りがあるのを感じた。学生としての日々が充実しているのだろうと思った。

子規の前に一通の手紙が差し出された。

「ヨーロッパにいる加藤君から手紙が届いた。元気にしてるとしたためてあります。これを読んで松山の人たちに報せてあげて下さい」

子規は頭を下げて手紙を読んだ。

叔父が元気にしている様子が書いてあった。ところどころに横文字が入っていた。

「陸さん。この横文字は英語でしょうか」

子規は訊いた。

「それはフランス語だよ」

「ほう、陸さんはフランス語がおできになるのですか」

「なあにほんの少しだ。法学校で習った」

「それはたいしたもんですなあ。あしは英語を何年もやっとりますがいっこうに身体に馴染《なじ》まんです」

「そのうちできるようになります。勉学というものはそういうものです。あきらめずに続けることです」

「フランス語もそうですか」

「はい。フランスに行けば子供でもフランス語を話しています」

「……なるほど」

子規が大きくうなずくと羯南が笑い出した。

子規もすぐに羯南のユーモアに気付いて頭を掻《か》きながら笑い出した。その子規の様子を見て羯南は目を細めた。

「正岡君、勉学の方はどうですか？」

「いや、どうも今ひとつです。哲学もどうも性《しょう》に合《お》うておらんようです。今は何をすべきかを探しとります」

「ほう、大臣、博士のですか？」

「いや、それ以外です」

「それ以外ですか。……先日、日本で初めて通信社が誕生しました。時事通信社です。海外で起こったことをいち早く日本人にひろめ、日本で起こったことも海外に伝えるのです」

「それは何のためになるのでしょうか」

「日本が世界に遅れを取らないためです。同時に日本がしていることの誤ちもわかるのです。大変興味深いことです。新聞をよく読んだ方がいいですよ、正岡君」

「は、はい」

子規は恐縮し、ほどなくいとまを告げて引き上げた。

初恋の人。子規よどこへでも飛べ

この年（明治二十一年）の夏の早朝、関東一帯の地盤が揺れた。

東京ではほどなく震動はおさまったが、北の地、福島《ふくしま》で磐梯山《ばんだいさん》の大爆発が起こった。山鳴りと地震は二時間余り、二十数回続き、火山灰の白煙が一帯を覆《おお》い朝陽をさえぎった。昼前にようやく震動がおさまった時、磐梯山はその山容をまったく変えていた。直後から山崩れが発生し、北方山麓《さんろく》の村落を泥流《でいりゅう》が襲い、三集落を全滅させ死者は四百六十一人に及んだ。〝明治磐梯山の大爆発〟である。

その一報が東京に入り、新聞十五社の記者はただちに北にむかった。

東京には政治動向、事件、醜聞《しゅうぶん》を知りたがる江戸期よりの瓦版屋《かわらばんや》を好む伝統があり、その上地方から移り住んだ野次馬根性を持つ人たちが増加しつつあった。「めさまし新聞」の名称であった新聞が「東京朝日新聞」と改題されて発刊されたのはこの爆発の五日前だった。

新聞、雑誌の草創期である。

子規《しき》がのちに彼の文学観を世に問う主舞台となる新聞「日本」はまだ発刊されていない。勿論、朝日新聞に夏目《なつめ》漱石《そうせき》が新聞小説を発表するのはまだ先の話である。

子規も、漱石もまだ書生であった。

二人はこの夏のはじめ、第一高等中学校の予科をようやく修了したばかりだった。

「それでノボさん、どこで勉学会をしようと思うとるかなもし」

藤野《ふじの》古《こ》白《はく》こと潔《きよむ》が嬉しそうな顔で身を乗り出してきた。

古白はそう言って子規の顔を見てから隣りに座っている三並良《みなみはじめ》に笑った。

古白は子規の母、八重《やえ》の妹、十重《とえ》の子で子規より四歳下の従弟《いとこ》である。なかなか元気で気が強い。二人とも大志を抱き松山から上京した書生である。

二人はこの夏休み、松山に帰省しないで勉学と称し、子規に従ってどこか面白いところに行こうとしている。

どこに何をしに行くか、すべて決めるのはノボさんである。

三並良は性格が温厚であり、少年の時分から子規とともに勉学に通い、ともに遊んでいたのでノボさんのすることが愉《たの》しいのはよく承知していた。ましてや歳下の古白はノボさんとともにいるとなれば松山の親元が何をするにしても許可してくれる。その上ともにいればことのほか愉しい。だからこの夏休みの計画が嬉しくてしようがない。

古白が故郷、松山に子規とともに勉学に励むと手紙を出し、その許可が難なく親元から下りたのは事実だった。

松山での子規の評判はすこぶる良かった。

難関中の難関である帝大の予備門に一発で合格したこともそうだ。これはたぶんに運の良さがあったが、故郷ではそう思わない。

——さすが正岡《まさおか》のノボルさんじゃ。

となっていた。

他にもさまざまな報せがもたらされた。

その一番が、一昨年の夏、旧松山藩の若君、久松定靖《ひさまつさだしず》の供をして日光《にっこう》へ遊行《ゆぎょう》した報せだった。上京している書生の大半は藩主、久松勝成《かつしげ》から給費をもらって勉学をしていた。久松家は廃藩になってからも郷土の子弟への育英事業を率先しておこなっていた。

その育英事業の主たる勝成の若君、定靖の見聞と学力をつけるための旅行に、あまたいる松山出身の書生の中からただ一人選ばれて供をしたのである。

若君は子規より五歳下であった。この時、供をしたのは内藤鳴雪《ないとうめいせつ》ともう一人、定靖側近の大人《おとな》であったから、二十歳の子規は若君の話し相手として選ばれたのであろう。この旅は日光から伊香保《いかほ》へと続き、そこでは大殿《おおとの》（勝成）が若君を待っていて、子規は御前でそれまでの旅の詳細を大殿に報告している。

――さすがは正岡のノボルさんじゃ……。

子規は故郷松山においては秀才の栄誉を受けていたのである。

まだ上京の歳に達せず松山でうろうろしている若き書生たちにとっても子規は憧《あこが》れの人であった。

古白も三並良も子規が何を言い出すかをじっと待っている。

「潔さん、良さん、これは勉学のための修業じゃけんのう。静かで落着いとる場所じゃないといかんじゃろう」

子規は二人にまず目的を告げた。二人は大きくうなずいた。

「あまり遠くに出てしまうと往復の時間を取られてしまうけんのう。それにあんまり知らぬ土地では勝手がわからんで勉学にならんと思える。じゃからと言って上野、本《ほん》郷《ごう》では気分がかわらん」

「そ、そいで？」

「浅草《あさくさ》……」

子規が言うと古白は大声で、

「浅草にひと夏おるんかのう」

と目をかがやかせた。

「いや浅草じゃ、ちいとやかましすぎるし勉学にならん」

「ならどこぞ？」

「浅草の対岸、向島《むこうじま》がええかのうと思うとる」

「向島、あしはよう知らんぞな」

古白が言った。

「いいところじゃ」

春先に一度、子規と向島に出かけた良が言った。

「そがいにええとこなんか、ノボさん」

「うん、古白君も気に入るぞな」

古白は二度、三度うなずいた。

子規が笑うと古白も笑った。

子規は親しみをこめた時は松山以来の呼び名である潔と呼び、人前やけじめをつける時は古白君と呼んだ。

子規の性格の素晴らしさのひとつに四歳下の従弟に対しても歳上振《ぶ》らないことがある。そしてまた二歳上の三並良に対しても敬う気持ちを抱きつつ親しみを忘れない。

誰にでも分けへだてない接し方をする。のちに子規の許に大勢の人が年齢差を越えて集まってきたのは子規のこの特異な性格によるところが大きかった。

当人はまるでそれには気付いていない。もっとも子規本人が敢《あ》えてそうしたことであったら感受性の強い青春の只中《ただなか》にあった若者はそれを察知し、あれほど長い間、子規を慕《した》い続けることはなかったであろう。

子規はこの夏の小旅行を自分でも愉しみにしていた。

その理由のひとつに第一高等中学校の予科を無事修了できたことがある。落第は二度としたくなかった。

夏が終ればいよいよ本科である。

この時期、夏休みになれば仲間たちの大半が帰省し、一人の自由な時間が取れる。

子規は自分でも反省をしているのだが、〝べーすぼーる〟に誘われれば陽が沈むまで夢中になってしまう。寄席《よせ》も浄瑠璃《じょうるり》もそうである。子規にはどうしてもやりとげたいことがあった。

それは上京して以来、溜《た》め書きしていたさまざまな詩文、俳句をひとつにまとめて編纂《へんさん》することだ。

すでにその集の総題も小題も決めてある。

「七草集《ななくさしゅう》」である。

七草集とは〝秋の七草〟から名付けた文集だった。

子規には文集の構想がなかば出来上がっていた。

松山時代から、そして上京したのちも培《つちか》ってきた漢文、漢詩、短歌、俳句、謡曲……などをそれぞれの章にまとめて一冊の文集を仕上げたいとかねがね思っていた。

これを成し遂げるためには、それなりの環境と時間が必要だった。

夏休みはそれに一番ふさわしい期間だった。しかし独りで出かけるのは少しこころもとない。

生来が友、人が好きな性格である。

創作に適した環境を得ることができたとしても自分だけがそこに出向くのも淋しい気がした。創作好きの三並良にも好奇心の旺盛《おうせい》な藤野古白にも声をかけてみた。二人は諸手《もろて》を挙げて同行すると応えた。

向島を選んだのは、もうひとつ理由があった。

それは今春、桜見物の折、向島に初めて足を踏み入れ、街の風情《ふぜい》に何やらこころときめいたからである。

そのときめきがどこから生じたものかは子規自身にもわからぬが、これまで東京で見てきたさまざまな街の空気と向島はどこか何かが違っていた。

吾妻橋《あづまばし》を渡って、墨堤《ぼくてい》通りを左に折れ、三人は川風に吹かれながら歩いた。

もうすっかり葉桜になった桜木が川風に葉を揺らしている。

せせらぎの音に蟬《せみ》の鳴き声が混ざって夏の盛りの岸辺はなかなかに情緒がある。

前を歩く古白の足取りが軽い。古白は上機嫌な時と、そうでない時の感情の差がいささか激しい若者だった。

それに比べて同じ歩調で隣りを歩く三並良は物静かだった。

「良さん、こうして水音を聞いて大きな河の流れを見とると、あしは松山の浜を思い出すぞな」

「うん、あしも同じことを思うとったで。水の匂いや音色いうもんはええもんぞな」

三並良の言葉に子規は同じ郷土の者はやはり同じ心境になるのだと、それが嬉しかった。

「良さん、あしはこの創作の旅で、これまでのあしのすべてを一冊の文集にまとめようと思っとるがじゃ」

「それは愉しみじゃね」

「演説で政局も国会も論じてきた。哲学も勉強したけんど、あしの本分は政治や哲学にはないように思わい。あしの本分は漢詩や、短歌や、俳句、謡曲にあるように思とんよ。それに今回はこの向島近辺の写生文に挑んでみようと思うとる」

「写生文?」

「そうじゃ。良さんは覚えとるかの。松山で『五友詩文《ごゆうしぶん》』いう集を出したやろう」

「ああ、よう覚えとるよ」

「あん時はまだあしも若かったけん、詩や歌がなして人間に必要かなど考えもせなんだわ。あれらは皆人間の根元のようなもんじゃないかと考えるんじゃ」

「根元かや?」

「おお根元ぞな。伊予《いよ》松山には松山の風流いうもんがあるじゃろう。そいはあしらがそこに住んで暮らしとるけん出るもんぞ」

三並良は首をかしげた。

「この向島には向島の人が住んで暮らしとる。それが向島の風流を作っとるわけじゃ。じゃから向島の風流を知るには向島の今昔《こんじゃく》をよう見て、そこから詩や歌を生む。その詩やら歌やらで向島の根元を書くのがそれが写生文よ」

「何や面白そうじゃね」

「うん、やり甲斐はあるぞな。良さんも向島をよう見て写生文を書きんさい」

「あしにやれるかの」

「良さんの書くもんは他の人にないもんがあるぞな」

「そうやって誉《ほ》めてくれるのはノボさんだけじゃ」

「そんなことはないわい。五友会の時も良さんの歌やら詩には皆一目置いとった。ほれ、あの古白も俳句をつくらせたらあしより才があるわ」

「うん、あしも古白の俳句はええと思う」

二人の会話が聞こえたのか古白が笑って振りむいた。

「ノボさん、長命寺《ちょうめいじ》じゃったのう。あれは禅寺《ぜんでら》やから違うの」

「ああ、たしか天台宗《てんだいしゅう》の寺やと聞いたぞな」

「何でも徳川《とくがわ》三代将軍がそこの湧水《わきみず》を飲んで病気が治った言うぞ。そいで長命寺になったとの話じゃ」

「徳川の将軍がかや。そんな名刹《めいさつ》の境内《けいだい》に餅屋《もちや》が商いをしとんか」

古白が首をかしげた。

その仕草が可笑《おか》しかったので子規と良は思わず笑い出した。

禅寺を過ぎると立派な塀が連なるのが見えた。

塀のむこうに本殿の瓦が夏の陽射しにかがやいていた。

「おう、なかなかの寺じゃ」

子規は立ち止まって長命寺を眺めた。

寺の風格が気に入った。

見ると門前に人の往来がひとしきりある。

——何や、賑《にぎ》やかじゃのう……。

寺を出てくる人は手に包みをさげていた。

「ノボさん、桜餅屋の二階と言うたな」

「ああ山本屋《やまもと》いう屋号ぞな」

「えろう人気のある餅屋とみえるのう」

「おう、あしはまだ食べたことはないが〝長命寺の桜餅〟言うて有名らしいぞな」

「ノボさんらしいのう。餅屋の二階を借りるとは」

「ハッハハハ」

子規が笑うと良も笑った。

昼前の門前の賑わいはどうやら縁日《えんにち》らしく、帰りに桜餅を買い求める人たちであった。

長命寺はその創建は不詳だが、平安時代とも慶長《けいちょう》年間とも言われ、もとは宝樹山常泉寺《ほうじゅさんじょうせんじ》と号していたが、江戸幕府三代将軍家光《いえみつ》の命によって長命寺と改められた。家光が鷹《たか》狩りに出た折、体調を崩してこの寺により、僧孝海《こうかい》が境内の般若水《はんにゃすい》で薬をすすめたところ治癒《ちゆ》した。家光は喜んで寺の水を長命水として、初代将軍家康《いえやす》の供養をここで毎年はじめたといわれる。

門前の桜餅は享保《きょうほう》年間に菓子職人の山本新六《やまもとしんろく》が隅田堤《すみだづつみ》の桜の葉を使って考案したと言われ、八代将軍吉宗《よしむね》が台命《たいめい》して堤に植えた桜が大勢の花見客を呼び、江戸の名所となったことと合わさり、江戸の桜餅としてその名がひろがった。

三人は餅屋の前に立った。

子規は餅を買っては去る客たちを興味深げに見ていた。

「すみません。一高の書生さんでしょうか」

着物姿の女が子規に訊いた。

子規が返答すると相手は相好《そうごう》をくずして、

「お待ちしておりました。どうぞ」

と案内して三人を奥に招き入れた。

「えらい繁盛《はんじよう》ぞな」

「お蔭《かげ》さまで今日は縁日と重なりまして……。お部屋は二階になります。今、足洗いの水を持ってきますんで」

女が小走りに去ると垣根《かきね》越しに店の中が見えた。

店内には長椅子《ながいす》が並べられ、そこに客たちが桜餅に舌鼓《したつづみ》を打ちながらくつろいでいた。

「先に餅を食べよかの」

子規が提案すると古白も良も異存なしとうなずいた。

「二人とも先に入っとれ。あしは今の姐《あね》さんに話を付けて入るけん」

二人が垣根を回って店に入って行く。

その背中が勇んで見える。よほど腹が空いていたのだろう。

女を待っていると木戸が開いて、娘が一人あらわれた。

娘は子規に少し驚いたのか切れ長の目を少し瞠《みは》るようにしてから静かに会釈《えしやく》した。

子規は一瞬、時間が止まったように娘の所作《しよさ》に見惚《みと》れた。

二階は三つつの部屋に分けられ、その一番広い隅田川に面した角部屋が用意されていた。

「おう絶景ぞなもし」

子規の言葉に古白も良も窓の桟《さん》に手をかけ川岸の水景を見た。

上流からは荷を積んだ船が光る水面《みなも》を滑《すべ》るように寄せてきていた。帆を上げている船も見えて、それが水鳥の羽のように美しかった。その先の千住《せんじゆ》辺りは夏雲とまぎれて霞《かす》んでいる。下流は吾妻橋、厩橋《うまやばし》、両国橋《りようごくばし》と隅田川にかかる橋が玩具《がんぐ》のように並んでいる。向う岸は今戸《いまど》河岸《がし》に陸揚げの荷を積んだ船がひしめき合い、大勢の仲仕《なかし》がせわしなく立ち働いて勇壮にさえ映る。

吹き込む川風が心地良かった。

部屋の中にはあらかじめ手紙で願い出ておいたように文机《ふづくえ》が三人分並んでいる。

階段を上がる足音がした。

子規は、先刻の娘の姿を想像して緊張した。

あらわれたのは前掛けをした小柄な男と大柄な女中であった。

男は愛想《あいそ》の良い笑みを浮かべながら、自分が店の番頭であることと、一高の書生さんに部屋を使っていただくことができて主《あるじ》も喜んでいることを告げ、女中の名前を紹介し、賄《まかな》いごとはすべてこの女に言い付けて欲しいと言った。

タネという女が汗を掻《か》きながら畳に額がつくほど頭を下げた。大きな身体に似合わずちいさな声であいらしかった。

子規は番頭に前もって約束しておいた金を払った。番頭は金額をたしかめるようにして、有難うございます、とこれも丁寧に頭を下げた。

二人が去ると、古白が吹き出した。

「あんな大きな女は見たことがないぞな」

良も笑っていた。

「見るからにいい人じゃや。部屋といい人といい、ここなら勉学も進むというもんじゃや」

子規はさっそく持ってきた風呂敷《ふろしき》包みを解《ほど》いて何冊かの帳を机の上に置き、筆と硯《すずり》を文箱《ふばこ》から出した。

古白は近所をひと回りしてくるという。

良も古白につき合おうと立ち上がった。

「そうか、なら近所のどこぞに美味《うま》い飯屋があるか探索を頼もう」

子規の言葉に古白が、

「ノボさん、鰻屋《うなぎや》ぞな」

と笑った。

「それもあるが、この辺りは貝が美味いらしいぞ。はまぐりを上手に出す店があるか、ひとつ見聞しておくれや」

「もうそんな話を知っとるんかな」

古白の言葉に子規は胸を反《そ》らして言った。

「名物を食べるは男の本懐ぞなもし」

子規の所作に二人が顔を見合わせて笑った。

子規は文机に座って一枚目の紙に文集の総題を書いた。

〝無何有洲《むこうじま》七草集〟

万葉集の山上臣憶良《やまのうえのおみおくら》の連作二首、〝秋の野に咲きたる花を指折《およびお》りかき数ふれば七種《ななくさ》の花〟〝萩《はぎ》の花尾花葛花《くずはな》撫子《なでしこ》が花女郎花《おみなえし》また藤袴《ふじばかま》朝顔が花〟からの発案である。

この二首は万葉集の中でもきわめて珍しい形式になっている。子規は万葉の時代の歌人で山上憶良を特に評価していたから自分にとって初めての一人の創作による文集にこの名を付けた。

子規は総題を眺め満足そうにうなずいた。

続いて次の紙に第一の小題を書いた。

〝蘭《ふじばかま》之巻〟

美しい楷書《かいしょ》の文字に夏の光が当たってまぶしい。

川風に題字を書いた二枚の紙がやわらかに揺れた。

子規はそれを文鎮《ぶんちん》でおさえ、開け放った窓から見える隅田川の水景に目をやった。

そうして習作用の紙に漢文で向島にどうしてやってきたかを綴《つづ》りはじめた。

子規はこの時代、ともかく筆が速かった。

身体の内からほとばしるように湧き出てくる詩文を口をつくよりも速く、紙上に書き綴っていくのである。

これまで子規は松山時代から多くの文集を仲間とこしらえてきた。そのほとんどが子規の筆でまとめられている。

しかし今回は違うのだ。

自らの創作の出発点の文集にしなくてはならないと決意していた。その証しとして〝蘭之巻〟にまとめられるものはこれまでの詩文と異なる点があった。

それは目に映るものの描写をはじめようとしている点であった。従来のものはどこか先達の作品をなぞった所があったが、今回は子規の目に映ったものを創作の旨《むね》とした。

すべてがそうではないが、子規は写生の中に何かがあるような気がしはじめていた。

自分の目に見えたもの、このようなさまと映ったものを漢文、漢詩、美文、短歌、俳句、今様《いまよう》、都々逸《どどいつ》……のかたちにしてつくりあげる。

子規の目に映ったものが、すなわち子規の主観であることに若い子規は気付いていない。だがこの発想がのちの「俳諧《はいかい》大要」での選句の目となり、埋もれていた俳人の発見につながることになったのである。

子規は一心に漢文を書き続けた。書き殴《なぐ》ったと言ってもいい。

夕刻前までに大方の発案が完成しようとしていた。

子規は机の上に並べた習作の殴り書きをじっと見つめていた。五音、七音になおし、カエリテンを加え韻《いん》を整えていく。

師が弟子の作品を添削《てんさく》していくような速さで漢文らしい体裁になっていく。実はこの体裁へのこだわりが子規の初期の作品の独自性、個性を殺《そ》いでしまっていたのを当人は知らない。

どんどんと漢文が仕上がる。

読み返してはうなずく。

「あの……」

先刻から二階の上がり口の障子戸《しょうじど》が開き、そこに女が二人座しているのに子規はまったく気付かなかった。

「あの、書生さん。書生さん」

夢中で紙上の文字を見つめている子規の耳には声が届かない。

咳払《せきばら》いがした。

そこでようやく子規は振りむいた。

上がり口の障子戸が開き、そこに恰幅《かっぷく》の良い女と若い娘が座っていた。

「おう何ぞなもし」

子規の口から思わず出た伊予弁に二人の女は目をしばたたかせてから、恰幅の良い女がよくとおる声で言った。

「私、山本屋の女将《おかみ》でございます。ご挨拶が遅くなって申し訳ありません。今日は長命寺さんの縁日と重なりまして店がえらくたてこみまして、お茶もお出ししませんで……」

見ると娘は盆に茶を載せて控えていた。

娘は盆を取り、子規の方に歩み寄った。

「これは私どもの娘でおろくと申します」

先刻、ばったり逢った娘だった。

「まだ何ひとつ躾《しつけ》ておりませんので何もできませんが用向きをこちらに伝えることくらいはできますんで、何かございましたら遠慮なく呼んでやって下さいまし」

女将のはきはきとした物言いと違って娘は口をつぐんだまま子規に茶を差し出した。

「おう、済まんがことで」

子規が頭を下げると娘もちいさく会釈した。

その時、娘から香《こう》の匂いに似たいい香りがした。

「お勉強の邪魔にならぬよう静かにしておくように店の者には言っておきますが、それでも気のきかぬ者もおりますから、どうぞその時は言ってやって下さいまし」

女将は立て板に水が流れるようによく喋《しゃべ》る。

これが下町の女の話しっ振《ぶ》りかと子規は思った。

香の匂いが強くなった。見ると、娘が机の上の習作を首を伸ばして覗《のぞ》いていた。

「お連れさん方は？」

「この辺りを見物しに出かけよりましたぞな。どこぞに美味い鰻屋でもないかと探しとるんでしょうな」

「まあ、そういうことでしたら、おろくでもタネでも申しつけて下さればすぐにご案内しましたのに」

そこに古白と良が戻ってきた。

「ノボさんの言うたとおり面白そうな店が何軒かあったぞな。あの……」

古白は言いかけて母子に気付いて頭を下げた。

「ここの女将さんと娘さんじゃ。こっちが藤野古白君、こっちが三並良君です」

子規が二人を紹介すると母子は丁寧に挨拶した。

女将は子規に今しがた言ったことを二人に話していた。

「お世話になります」

古白と良が言うと、一高の書生さんに部屋を使っていただいて、こちらの方がありがたい……、と喋り続けていた。

娘は母親が話している間じっとうつむいていた。

母子が階下に降りて行くと古白が言った。

「いやたまげたぞな。ポンポン鉄砲《てつぼう》のように話す女じゃのう。あれが江戸の転婆《てんば》ぞな。そうそうノボさん、この裏手に石鹸《せっけん》工場があって、そこを先に行くと屋台が並んどる。そこに美味そうな鮨《すし》屋があったぞな」

「ほう、それはええのう。そう言えば腹が減ったのう。今日は向島の初日じゃけん、その屋台へ行ってみようぞ」

子規が言うと良が言った。

「もう下で夕餉《ゆうげ》の準備をしとるんじゃないん」

良の言葉どおり階下から何かを煮る匂いがしてきた。

三日目の夕暮れ、三人は堤の草地に腰を下ろし夕涼みをしていた。

「向島はなかなかええとこぞな」

子規が大きく伸びをして言った。

「ほんまじゃのう。神田《かんだ》や本郷と違《ちご》うてのんびりしとる。東京じゃないみたいじゃ」

古白が言った。

「ノボさん、写生文の方は上手《うま》いこといっとるかのう」

良が訊いた。

「うん、ええ具合いじゃ」

「それはよかった。ここはノボさん、何やこころが安らぐのう」

「あしも同じここちじゃ。こうして水が流れるのを見とると気持ちが落着くのう」

子規の言葉に古白がうなずいた。

三人はしばらく黙って水景を眺めていた。

「則遠《のりとお》をここに連れてきてやりたかったのう……」

子規がしみじみとした口調で言った。

古白も良もうなずいた。

則遠とは清水《しみず》則遠のことだった。

三人にとって忘れることのできない友人だった。

則遠は一昨年の春、脚気衝心《かつけしようしん》で急逝《きゆうせい》していた。

子規と則遠は乳兄弟《ちきようだい》だった。

子規が赤児《あかご》の時、母、八重は乳が乏《とぼ》しかった。子規の家の筋向かいに則遠の家があり、彼の母は乳が豊富に出た。そこで正岡の家は則遠の母親から子規の乳をもらえるように頼んだ。

子規は少年時代から歳下の則遠を可愛《かわい》がり、よく遊んだ。則遠は松山中学でも成績が秀でていた。彼は子規の叔父の藤野漸《すすむ》とともに上京し、猿楽町《さるがくちよう》の藤野の下宿にいた。

子規は上京したのち則遠と過ごすことが多かった。則遠は他の者の言うことはいっさい聞こうとしない頑固《がんこ》な面があったが子規の言うことは聞いた。それほど子規を信頼していた。大学予備門の一年目に子規が落第して二人は同級生になり、藤野漸の寓《ぐう》居《きよ》の近くの板垣《いたがき》方に二人して下宿した。

則遠は少し不器用なところはあったが何事にも驚くことはなく常に落着いていて、子規は〝少年にして大人〟と評していた。

上京して最初の夏休み、子規は帰省したが則遠はかなわなかった。則遠には脚気の病いがあり、皆が夏の帰省をする時も彼は箱根《はこね》に脚気の療養に出かけなくてはならなかった。子規は病気見舞に松山から箱根に則遠を訪ねた。この時、医者に則遠の脚気を診察してもらうと驚くほど病気が進んでいると言われた。それでも則遠は意に介さず平然としていた。

それでもその年の秋、則遠は子規と秋山真之《あきやまさねゆき》、小倉修吉《おぐらしゆうきち》の四人で無銭徒歩旅行に出かけ戸塚《とつか》まで夜を徹して歩いている。そして年の暮れ、子規と則遠は下宿代が滞《とどこお》り、正月もひもじい思いをする。二人は久松家からの給費生だった。給費は月額七円だった。そのうち四円五十銭を下宿に払い、授業料が一円五十銭。残り一円が学用品や雑用費で生活は決して楽ではなかった。則遠も貧《まず》しく、医者にもかからず薬も飲まなかった。

春になり、則遠は下宿から学校までの三、四丁の道程《みちのり》を通うのに、四度も五度も休まなくてはならなくなった。子規はともに休み、手を引いて歩くこともあった。則遠はその度《たび》に子規の手をそっと握り返した。

明治十九年四月十四日、則遠は急死した。

子規は哀しみに打ちひしがれた。

これほど病状が悪化しているのを自分が気付かなかったことを悔《く》やんだ。子規にとって上京後、ともに暮らした友の死は衝撃だった。

彼は則遠の葬儀の施主《せしゅ》となり、墓所に遺骸《いがい》を納めるまで尽力した。松山にいる則遠の兄たちに悔みと死の様子、葬儀の様子を長い手紙にしたためて送っている。

子規のこころの隅にはいつも則遠への想いがあった。

流れ行く川の水を見つめているうちに則遠のことが思い出された。

——あしはどこへ行くのじゃろうか……。

子規は則遠に話しかけるように胸の中でつぶやいた。

「則遠をここに連れてきてやりたかったのう……」

その言葉を子規が口にした時、かたわらにいた藤野古白《こはく》も三並良《はじめ》も感慨深くうなずいたのは則遠の早過ぎた死のせいだった。

二人もまた子規と同様に大志を抱いていた。それ故に忘れてしまいがちになる友のことが静かな水景を見ていて思い出された。

なにものかにならなくてはならない。そのためにはなにかを見つけなくてはならない。なにかに遭遇しなくてはならない……。故郷を出て大東京に足を踏み入れた書生たちは誰もが、そのなにものかを探して日々東京を歩き続けなくてはならなかった。

夢破れて去る者は大勢いたが、大志を抱いて上京する若者もまた途絶《とだ》えることはなかった。

則遠は東京を去ったのでも、故郷に帰って行ったのでもなかった。

——則遠は召されたのじゃ……。

子規には則遠の立場が哀しくてしかたない。

だから則遠の兄たちに書き送った驚くほど長い手紙の最後に子規は親友の抱いていた夢を必ず自分がかなえてみせると、その決意をしたためた。

「則遠、あしは則遠の分まで生きてみせるぞな」

子規は隅田川の水底《すいてい》から発する川音を聞きながらつぶやいた。

子規の内から湧き起こったものは友への感傷ではなくあらたな覚悟であった。

「ここはええとこじゃのう。こうして水が流れるのを見とると気持ちが落着くのう」

子規の口からこぼれ出た言葉は古白にも良にも納得ができた。

江戸前と言われても東京では故郷、松山のような海を見ることはできなかった。ゆったりとした内海が与えてくれる包容力もなかった。

向島の川景色には子規のこころを洗ってくれるさざ波に似たものがあった。

子規は朝夕、この水景を眺めた。

向島に着いて五日後、隅田川一帯に煙《けぶ》るような雨が降り出した。

「まっこと綺麗なもんじゃのう……」

子規は雨に煙る対岸を見ながら筆をすすめた。

この雨の中でも上流から下流から続々と荷船が対岸の今戸河岸《いまどがし》に集まってきていた。船が着岸する度に上半身裸の日傭《ひやとい》たちが荷船に群がり、荷を背負って陸揚げしていく。

煙る水景の中で男たちは濡《ぬ》れ烏《がらす》のように映った。

子規は窓辺に文机を寄せてこの風景を次から次に書き写していった。

子規が写生文と呼ぶ新しい文章作法である。

どんどん紙面が筆文字で埋められていく。

自由に文章を書くことが肝心なのである。漢詩のように韻《いん》をふまえるより先に目に映るものを写していく。

何かがここにあるような気もするが、それが何であるのかはわからない。書くリズムをゆったりとしてしまうと知らぬ間に五、七の音句におさまってしまう。

——走るように、飛ぶように書きたい……。

雨足が俄《にわ》かに強くなり、紙の上に雨の滴《しずく》が落ちた。

滲《にじ》んだ墨《すみ》が水墨画《すいぼくが》のように淡くひろがった。

「まあ雨は大丈夫ですか」

女性の声に子規は夢から覚めたように身体を起こした。

振りむくと茶を盆に載せたおろくが立っていた。

「おう、これは失敬しもうした」

子規は襟元《えりもと》を直しながら座り直した。

「母が正岡さんに茶をさしあげるようにと……」

餅屋の娘、おろくは話す言葉の語尾が消入りそうになる。

それが子規の知る女たち、母の八重や妹の律《りつ》、親戚の女たちとはまるで違っている。

江戸の言葉と伊予弁との違いもあるが、子規の耳にはおろくや、おろくの母である山本屋の女将の話す言葉が妙に艶《つや》っぽく聞こえる。

「どうも、ごちそうになりまさい」

子規は畳の上の茶を膝元《ひざもと》に寄せ、煎茶《せんちゃ》を口にした。

いい香りがする。

新茶のような香《かぐわ》しさである。

「ここの茶は美味いですのう」

「はあ、ありがとうござ……」

おろくが返答する。

ちらりとおろくを見ると、あざやかなほどの紅赤《べにあか》の着物が外光がおぼろにしかない雨天の中でもまぶしく映る。

「毎日、大変でございますね」

おろくの視線が文机の上の紙に注がれている。

うりざねの面立《おもだ》ちだが、肌は白いというよりもむしろ色黒の方である。それがおろくの純朴さを引き立てている。

「あとの書生さんたちは……」

「ああ古白も良も朝から川のむこうに散策に出よりました。あれらは外に出とる方が性《しょう》に合《お》うとるげな」

「正岡さんは外に出るのはお好きでは……」

「いいや、あしも好きじゃけんど、今は何しろ、これをやり切らんといかん」

子規の言葉におろくは真剣な目をしてうなずいた。

「店の方は繁盛しとるかなもし」

子規は階下の桜餅屋の塩梅《あんばい》を尋ねた。

「この雨ではお客さんは静かで……」

「ああ、そうじゃねぇ」

そこで会話が途切れた。

子規はいささか息苦しくなり、飲み干した空茶碗をまた口にした。

「ああ忘れていました。タネがお昼の支度《したく》ができていますと……」

おろくが思い出したように言った。

「おお、そう言えば腹が空きもうした」

「はい。タネがお昼の支度が……」

「わかりました。すぐに降りましょうわい」

子規の言葉におろくは茶碗を引き寄せ、盆に載せて立ち上がった。

「ごちそうさまでした」

「お粗末さまで……」

子規が頭を下げているとおろくはもう部屋を小走りに出て階段を降りはじめていた。

子規は足音をたしかめるようにしてから大きくため息をついた。

額に手を当てるとかすかに汗を掻《か》いていた。

子規は対岸に目をやった。

雨は相変らず降り続けていた。

水墨画のような風景の中を濡れ鳥たちがしきりに動いていた。薄墨を引いた河岸に今しがた見たあざやかなおろくの紅赤がよみがえった。

十六夜《いざよい》の月が東の空に浮かんでいた。

まぶしいほどの月明りだった。

陽が西に落ちると向島一帯は濃い闇でおおわれた。

この当時まだ向島に花街《はなまち》はなく、田園がひろがる片田舎の風情であった。闇が濃い分だけ昇ってくる月はまことに美しかった。

「向島《ここ》の月は、ほんまにええ眺めじゃのう」

最初の夜、古白が万感を込めたように言った。

良も大きくうなずいていた。

子規は早速、この見事な月を写文した。

漢詩に月の眺望《ちょうぼう》はこころを映すものとして欠かせないものだった。

開け放った窓にあでやかな月がかかる様子は詩文、美文、短歌、俳句、今様《いまよう》……を創作するのに絶好なものであった。

子規は月の眺めがたいそう気に入り、桜餅屋の二階を〝月香楼《げっこうろう》〟とした。

昨日、古白と良はそれぞれの下宿に用を済ませに戻っていた。

子規は向島に来てから漢文を綴った〝蘭《ふじばかま》之巻〟を書き終え、漢詩の創作である〝萩《はぎ》之巻〟と和歌の〝をみなへし（おみなえし）之巻〟を並行して仕上げようとしていた。

筆の手を止めて子規はしばしば月を見つめた。

月が中央に昇るにつれ、そのかがやきは増し、今は美しい人の肌のようにつややかであった。

月の肌色が、今夕、階下で一人夕餉《ゆうげ》を食べていた時、茶を運んできたおろくの横顔に重なった。月の面にどうしておろくの横顔が重なるのか、その理由がわからなかった。それでも月に女性の面立ちが重なった心境に妙な喜びがあった。

その奇妙な感情はいささかの息苦しさをともなってはいたが、漢詩か、和歌にしためたいという気分にさせるものだった。

子規の筆はすこぶる進んだ。

これまでにないほど身体の中からほとばしるように詩、和歌が、俳句が、謡曲《ようきょく》までが次から次に溢れ出た。筆が追いつかず、もどかしく思うほどだった。

　上京以来、これほど意欲的に創作が持続することはなかった。それがどこから湧き上がるものなのか子規にもわからなかった。

　その日の昼過ぎ、階段を駆け上がる足音がした。

　昼食は先刻済ませたばかりだったから誰が来たのかと思った。おろくの姿を想像したが、その足音はトントンと軽やかな具合いだった。タネの独特な重い足音とも違っていた。

　書生さん、よろしゅうございますか、という声に振りむくと番頭であった。

「電報が届きやした」

「ああ、ありがとう」

　見ると第一高等中学校の同級生の佐々田八次郎《ささだはちじろう》からだった。

〝×ニチ×ジハン、ヨコハマ△△サンバシニテマツ、ササダ〟とあった。

　向島に来る前に佐々田から蒸気船に乗って三浦《みうら》半島を回り、鎌倉《かまくら》見物に行かないかと誘われ、子規は承諾していた。子規はかねてより歌に登場する頼朝《よりとも》の鎌倉宮を見てみたいと思っていたから八次郎の誘いを喜んだ。

電報の日時を見ると出発まで二日であった。

子規は翌日、一日中「七草集」の創作に没頭し、次の日の早朝、向島を出て横浜にむかった。

八次郎は桟橋《さんばし》で待っていた。

二人は蒸気船に乗り込み、三浦半島沿いに航行する船のデッキから彼方《かなた》にひろがる太平洋を眺めた。

子規はひさしぶりに見る海原にひどく満足した。三日の行程の旅に期待がふくらんだ。

やがて船は浦賀《うらが》港に入港し、そこから横須賀《よこすか》へひと山越え、海岸沿いに金沢《かなざわ》に出た。金沢から峠道《とうげみち》を鎌倉にむかった。

鎌倉に着いた時はすでに陽はとっぷりと暮れてしまっていたので、その日は見物をやめて宿に入って休んだ。

子規は夜半、雨音で目覚めたが疲れのためまたぐっすりと眠ってしまった。

翌朝、目覚めるとひどい雨であった。

この雨では見物もおぼつかないと宿の者が言ったが、子規は向島での「七草集」のことがあったので蝙蝠傘《こうもりがさ》を一本買いこんで八次郎と二人で頭を突っ込むようにして鶴《つるが》岡《おか》八幡宮を参拝し、八幡宮の裏手の山を回り、頼朝の墓を見学した。

その頃には雨足はますます激しくなった。

「これは嵐ぞなもし」

「引き揚げた方がいいんじゃないか、正岡君」

八次郎はすすめたが、子規は雨などいっこうにかまわぬと鎌倉宮を目指した。

全身ずぶ濡れだった。

子規は、今戸河岸の荷役の男たちの姿を思い浮かべ自分たちの姿に苦笑した。

笑いながら八次郎を元気づけたものの鎌倉の山中は足元を川のように水が流れ出し、そのうち足先までが凍《こご》えるように冷たくなった。それでも子規は八次郎に声をかけ、鎌倉の山々も風情があるぞなと笑っていた。その声に身体を震わせていた八次郎も気持ちを持ち直し、二人して山径《やまみち》を歩き、切り通しをくぐり、沢道を登っては下りた。

子規が急に沈黙した。

「ウッ」

子規が喉《のど》を鳴らした。

八次郎は子規を見た。

子規は右手を口元に当てた。

八次郎は子規が何か嘔吐《おうと》したのかと訝《いぶ》かった。

子規も何事かと胸から湧き出たものを掌《てのひら》で受け止めた。

見るとそれは一塊《いっかい》の鮮血であった。

「正岡君、大丈夫かね。血を吐《は》いたじゃないか」

八次郎が驚き甲高《かんだか》い声で言った。

「大変だよ、君、その血は……」

子規は掌の血を見つめた。

子規は身体の具合いを計った。これっきりでもう吐き出す様子はなかった。

「心配はいらんぞな。あしは前から喉を傷《いた》めるとこうして血が出るんよ。さっきから話し過ぎたけん大方喉が切れたんじゃろう」

「そ、そうなんだ」

八次郎は子規の言葉を聞いて安堵《あんど》し、

「そうならいいのだが、この雨じゃ風邪《かぜ》を引いてしまうし、ここらで宿に引き返そう」

と助言した。

「たいしたことはないぞなもし」

子規はそう言って歩き出し、由比《ゆい》ヶ浜《はま》の通りを過ぎ、長谷《はせ》から大仏まで辿《たど》り着いた。

二人は雨に濡れ続ける大仏を拝《おが》み、道を引き返して七里《しちり》ヶ浜《はま》にむかった。

その途中で、子規は再び血を吐いた。

八次郎が子規の顔を見た。しかし子規は雨垂《あまだ》れに手をかざして血を洗いながら言った。

「よほど喉がやられたとみえるのう」

その快活な子規の様子に八次郎も血は喉が傷《いた》んだものと信じ、子規と並んで歩いた。

七里ヶ浜に出ると目前に高波のような大波が浜をおおいつくし、波頭は唸《うな》りを上げて浜に押し寄せていた。

「これはたいしたもんぞな」

子規も八次郎も波飛沫《なみしぶき》でまたたくうちに全身が濡れた。

それでも二人は海沿いの道を波に洗われるようにして江《え》の島《しま》の対岸に辿り着いた。

そこでようやく宿に入り、身体を拭《ふ》き、宿の者が出した寝間着に着換えた。

「あしはあんな凄《すさ》まじい波を見たのは初めてぞなもし」

「私も初めてだ。途中は正直、生きた心地がしなかったよ」

八次郎が言った。

子規はその夜、夕餉を食べると早々に蒲団《ふとん》に入って横になった。

ひどく疲れていた。生まれて初めて、あれほどの暴風雨に身を晒《さら》したせいだと思った。

翌朝、子規は何事もなかったように目覚めた。

しかし朝食を摂らなかった。子規にしては珍しく食欲がなかった。

それでも旅の行程の最後の日だったので、子規は休んではどうかとすすめた八次郎を笑い飛ばして対岸の江の島にむかった。

雨は上がっていたが、風は強く、島への渡りは波飛沫が二人の顔に容赦《ようしゃ》なく当たった。

江の島へようやく渡ったが、子規は洞穴《ほらあな》の中を見学しようとしなかっただけではなく、名物の貝の料理も食べずに鎌倉を引き揚げた。

この当時、日本人は働き盛りの大人が何かの折に血を吐くことがままあった。百日咳《ひやくにちぜき》、風邪を引いた時の喉の痛み、暴飲、暴食などでも血を吐くこともあり、少量の喀《かっ》血《けつ》にたいしては無頓着《むとんちゃく》なところがあった。

子規も、それまで何度か喉を傷めた時、少量の喀血があり、それが季節外れの夏の嵐、寒中の山歩きで出たのだろうと思っていた。ただこれまでの喀血は一度で終ったのだが、鎌倉宮を訪ねた半日で二度喀血があったことに関しては、子規は敏感になったのか、後日の記述の中に〝この喀血は何を意味したのだろうか〟と書き留めている。

向島に戻ってから子規は「七草集」の執筆に専念している。

八月に入り、向島での日々も三週間近くが経ち、古白も良もそれぞれに用向きがあり、月香楼を発《た》つ頃合いになった。

「ノボさん、あしらはそろそろここを発とうと思うが、ノボさんはどないするかのう」

古白と良が文机にむかっている子規に言った。

「ほいか、あしはまだ、これを切りのええところまでやってしまおうと思うとるぞな。ほたら先に発ってくれや」

子規はその日、古白と良を両国橋《りょうごくばし》まで見送った。

橋の袂《たもと》でいつまでも手を振る子規に古白も良も何度となく振りむいて手を振った。

子規は一人になってから俄然《がぜん》筆が進んだ。

「七草集」は、子規が七歳の折に大原観山《おおはらかんざん》の下で漢詩、漢籍にふれて以来、松山時代、仲間と発句《ほっく》、短歌、漢詩、漢文等の文集をこしらえたり、演説の原稿を書いたりしながら創作に関ってきたものと、上京後さらに、その素養を深めて行ったもの、いわば子規の身体の中に積もっていた文芸全般の力量を総ざらいしたものとなっていた。

それまでの子規の文芸のレベルは摸倣《もほう》の域を出ていなかった。それが向島で、俳句、短歌、漢詩、漢文をあらためてそれぞれ創作していくと、自然と子規の中で認められる作品とそうでない作品とが仕分けられ、仕分けの後にあらたな作品が書き足された。

子規の中で煩雑《はんざつ》に散らかったままになっていたものが整理されていく作業となった。

文芸に対する姿勢の基準となったのは向島にむかう前に子規がおおざっぱであったが写生文を試みようとしたことが大きかった。

リアリズムへの目をひらかせたのである。

同時に「七草集」の創作は子規に自分が文芸の中でどの分野にむかうことが適しているかを発見させることとなる。

摸倣から自立しようとしていた。手応えのある作品が、毎日生まれていた。

子規の性格からして、この作品を誰かに披露したかった。

古白も良もすでに向島にはいない。

餅屋の番頭、女将、賄《まかな》いのタネでは文芸はちんぷんかんぷんである。

ところが一人、子供の時から字の習いに通い、歌を手習いで書かされ、わずかであるが素養のある者がいた。

娘のおろくであった。

おろくは子規が家の二階にやってきた時から、文机の上に置いていた文集の習作を見ていた。

おろくの興味を引いたのは子規の美しい筆跡であった。

おろくは子規が一人になってからはすすんで茶を運んだり、朝、夕の食事の支度ができたことを二階に伝えに来た。

いつ見ても子規は文机にむかっている。

子規の周りに書き殴《なぐ》ったような文字で歌を書いた紙が散らかっている。

おろくはそれを拾い集めて、子規の机のそばに揃えてやるのが愉《たの》しみのひとつになっていた。

おろくは、時折、拾い集めた紙の一枚をぼんやりと見つめることがあった。

子規はそれに気付くと、

「それをこっちに持ってきといでや」

と言って、そこに書かれた俳句なり短歌をおろくに読んできかせた。

おろくは表情もかえずに子規の歌を聞いていた。

「これはな、ほれ、あすこに今戸河岸が見えるじゃろ。あれに雨がかかった折の歌じゃ」

おろくはちいさくうなずく。

理解できているのか、いないのかはわからないが、

「ありがとうございます」

と言っておろくがかすかに口元をゆるめる。

その表情が子規は好きだった。

そんな或《あ》る日、女将が二階に上がってきて珍しくもじもじとしながら言った。

「書生さん、毎日精が出とられるところを心苦しいお願いですが……」

「何ぞなもし？」

「実は明日、浅草寺《せんそうじ》が縁日でございまして、娘のおろくに毎月行かせているんでございますが……」

「うん、そいがどうしたぞな」

「ええ、実は手伝いのタネに藪《やぶ》入りをやりまして家にはおろくを連れて行く者がおりません」

「うん、うん」

「それでもしあなたさまにお時間がありましたら娘を連れて行ってもらえないかと思いまして……」

「おっ、かまわん。ええぞなもし」

「ええぞなもし……、ということは引き受けて下さるんですか」

「うん、引き受けようわい」

「それはありがとうございます」

女将の顔が急に明るくなった。

「あしでかまんのかい」

「はい。おろくも望んでおりまして」

吾妻橋まで歩くのは娘の足では骨も折れようからと、女将は家に出入りする川漁師に隅田川の渡しを頼んだ。

子規とおろくは二人でその舟に乗り隅田川を渡った。

子規は船頭に言って少し上流まで上って川の両岸を見物してから向う岸に行ってくれるように言った。

「ええもんじゃのう、おろくさん」

子規が振りむくとおろくは日傘《ひがさ》を差して同じように川風景を眺めていた。

花川戸《はなかわど》の桟橋で対岸に上がって浅草寺にむかった。

縁日のせいか人通りは多かった。

仲見世《なかみせ》を伝法院《でんぼういん》を左手に見て、右に弁財天《べんざいてん》を見ながら不動堂《ふどうどう》の脇から境内《けいだい》に入った。

おろくは山王権現《さんのうごんげん》から浅草神社、大伽藍《だいがらん》の本堂からちいさな祠《ほこら》までひとつひとつ丁寧に参拝して行った。子規はおろくの後について回った。祖父の月命日供養と女将が出がけに話していたのを子規は思い出した。

信心の篤い家なのだと思った。

境内をぐるりと一周し、本堂に戻って観音《かんのん》さまに最後に参拝した。

「ここの神さんは若い漁師の兄弟らしいの」

子規が言うと、珍しくはっきりした声で、

「はい」

とおろくが返答した。

家にいる時と違っておろくは活き活きとしているように見えた。

「おろくさん、お腹が空いたじゃろう」

子規が訊くと、

「はい」

とこれもよく通る声で応えた。

「何を食べようかのう」

「正岡さんのお好きなもので」

「そう言わんと何でも食べて来いいうことやから好きなものを言えばええぞな」

出発する時、女将から小遣いを渡されていた。

おろくはもじもじとして何も言わない。

子規は鰻《うなぎ》かどじょう鍋を食べたかったが、おろくの言葉をじっと待った。

「あの……」

「何ぞな？」

「ぎゅう、ぎゅう」

「何を言うたか？」

「牛鍋が……」

「おっ、牛鍋がおろくさんは好物か。そいで行こや。そいで行こう。牛鍋に行こうや」

子規は愉快になった。さすがに東京の娘である。

松山の母の八重も、妹の律も、松山に初めて牛鍋屋ができ、そこに行って美味かった話をしたら顔をひどくしかめて鼻をおおって、「ノボルさんはようあげなものを食べられるもんじゃ」と呆《あき》れられた。

ところがおとなしいおろくが牛鍋を食べたいと自分から言い出した。

——これは愉快じゃ。

子規も牛鍋は好物である。

牛鍋屋は混んでいた。二人して並んで待っていると、店の案内の女にいきなり子規は、

「旦那《だんな》さん、どうぞ」

と言われた。

二人を夫婦に思ったらしい。子規が頭を掻きながら振りむくと、おろくは案外とすましたままで案内の女について歩き出した。そうして席に案内されると、

「これ」

ところづけの入った小袋を渡した。

その所作がいかにも下町の娘の心得を垣間《かいま》見たようで子規は感心した。

牛鍋屋を出て、おろくは浄瑠璃《じょうるり》を見物したい、と言った。

おろくは浄瑠璃の語りがヤマ場に入ってくると目頭《めがしら》をおさえて泣いていた。

子規はそれを見て、おろくを可愛《かわい》いと思った。

浄瑠璃《じょうるり》の幕が下りると拍手が湧き起こり、客たちは送り囃子《ばやし》の太鼓《たいこ》の音に背を押されるようにぞろぞろと出口にむかった。

おろくはまだ興奮冷めやらぬ顔でぼんやりとしていた。

今しがたまで舞台でくりひろげられていた激しい色恋沙汰《いろこいざた》の場面が、若い娘の胸の中で複雑な感情となって揺れ動いているのは当然のことだった。

子規はそんなおろくを見てしばらくそこに座らせておいた。

書生仲間や伊予《いよ》の連中ならそそくさと小屋を出て、道を歩きながら大声で、いや、泣けたぞなもし、不憫《ふびん》じゃ、なんと不憫なことじゃと思ったことを口にできるが、娘と二人っきりの芝居見物は生まれて初めてのことである。

何と声をかけてよいのかわからない。

ただ感受性は人一倍強い子規は芝居本番でのおろくの涙を見ていたから、その心中を察し、そっとしておいてやるのがよかろうと思った。

小屋の衆が近寄り、へぇーいまたのお越しを、と席を立つように促した。

その声におろくは夢から覚めたように顔を上げた。

すかさず子規は言った。

「うん、なかなかの舞台じゃった。よかったぞなもし」

子規の言葉におろくはこくりとうなずいた。

子規はおろくの所作《しょさ》に少し安堵し、

「ほいじゃ向島《むこうじま》に戻るとするかの」

とつとめて陽気に言った。

子規の言葉におろくはほんの一瞬、淋しそうな目をした。

渡しの舟を待つ間も二人は黙ったままだった。

子規はこの沈黙をどうしてよいのかわからなかった。

おろくに対する自分の気持ちもよくわからなかった。それでもおろくといることは楽しかった。

松山の時代から、子規は自分の生涯をともにできる女性を夢見ていた。

その女性のことを子規は〝意中の人〟と秘かに呼んでいた。

〝意中の人を得る〟

これは子規の将来の展望を計る上で大切なことであった。

ただこのことは唯一仲間に打ち明けることができないものだった。

子規にとって女性は特別な存在であった。

子規はすでに数えの二十二歳である。異性への意識がないはずはない。勿論、性への興味を含んでのことだ。人一倍ものごとに興味を抱く子規の性格からして、性を意識せざるをえない言葉や行動は当然のごとくあったはずだし、性に対する考えは現代に比べるとおおらかで早熟な環境にあったであろう。

真似事、習作、仮作を含めて、あの厖大《ぼうだい》な量の歌、漢文が残っている子規の作品群の中に己《おのれ》の恋ごころを詠んだもの、感想らしきものが皆無《かいむ》で、わずかに恋ごころを思わせるものが数点しかないことに、子規の異性に対するきわだった憧憬《しょうけい》が逆に見てとれると言ってもいい。

もう一点、子規があからさまに恋情や性衝動を口にしなかった要因があるとすれば、それはものごころついてからの子規を育てた環境である。環境の中でもっとも影響を及ぼすのは人である。

幼少の頃から子規とすべての世間との関りをつないだのは母、八重《やえ》である。その上、父のいない正岡《まさおか》の家に出入りしていたのはほとんどが母の実家の大原《おおはら》家の女たちだった。子規は女系家族、女ばかりの中で育った。彼女たちの会話、世間話を耳にして少年となった。近所の子供にいじめられて泣いていた子規を助けに行き、相手に許さないと言い張ったのは妹の律《りつ》である。

八重は子規を一人前の男子として育てることに彼女の人生を捧《ささ》げると決意し、これを実践した女性である。若くして異性に興味を抱くことをことさら敬遠したとしても不思議はない。最愛の息子に自分の生涯を捧げた八重のことをこのように想像で書くことは非礼であろうが、子規はその何もかもを見せていた母に対しても異性の話をいっさいしていない。それゆえに子規の胸中に秘やかに燃え続けていたであろう〝恋に恋する〟青年の心情は特別のものであったのではと考える。

おろくは、時折、タネのかわりに二階に茶を運んできた。

浅草寺《せんそうじ》に参拝に行って以来、子規はおろくが姿をあらわすと妙に胸が騒ぐのを感じていた。

それでも子規は、その微妙な感情を払いのけるように「七草集」の創作に没頭した。

これまでのどの文集より、「七草集」は順調に筆を進めることができた。

この泉に水が湧くかのように昂《たか》まる創作意欲の源泉が何なのか子規にもよくわからない。ただ向島の滞在はすでに六十日を越えている。

仲間と何かをすることが誰よりも好きな子規にとってこれは初めての経験である。

「正岡さん……」

おろくがぽつりと言った。

子規は筆を止めておろくを振りむいた。

おろくは緋色地《ひいろじ》に江戸小紋《こもん》を染め抜いたあざやかな着物を着ていた。

「何ぞな？」

「正岡さんのお生まれになったところはどんなところなんでしょうか？」

「あしの生まれたとこかや」

「はい」

おろくは口元に笑みを浮かべてうなずいた。

「おお伊予のことかの。松山はそりゃええとこぞ」

「人は大勢住んでらっしゃるのですか」

「うん、ぎょうさんおる。おるがこの東京に比べたらこんまい町じゃ」

「川は、この須崎《すさき》のように隅田川《すみだがわ》のような川はあるのですか」

「川か、石手川《いしてがわ》いう川はあるし、小川もなんぼでもあるけんの。けんど川より松山は海じゃのう。三津浜《みつはま》いうええ浜があってまっこと綺麗な海が目の前にある。あしはそこから船に乗って東京にまいった」

「名物は何でございましょう」

「名物か……。ここの桜餅《さくらもち》のように洒落《しゃれ》たもんはないのう。そうじゃ、伊予は蜜柑《みかん》じゃ。まことに美味《うま》い蜜柑がようけとれる」

「蜜柑ですか。おろくも蜜柑は大好きです。お正月になると、ここらは紀州《きしゅう》から美味《おい》しい蜜柑が入ります」

「紀州の蜜柑は名物じゃのう。紀伊国屋文左衛門《きのくにやぶんざえもん》じゃろ。〝沖の暗いのに白帆が見ゆる、あれは紀の国蜜柑船〟というやつよの。けんど伊予の蜜柑も紀州に負けんくらい美味いぞ。今度、送ってもろうて食べさせようわい」

「本当ですか」

おろくの顔がかがやいた。

その顔を子規は目をしばたたかせて見つめていた。

その日の午後、手紙が届いた。

差出し人を見ると、秋山真之《あきやままさねゆき》である。

真之の大胆な筆文字を見ながら子規は友の顔を思い返した。

手紙を読むと、真之は松山に帰省していた。

二年前、真之は、突然、ともに通っていた予備門を退学し、築地《つきじ》にある海軍兵学校に入った。

手紙を読むと、今夏、真之が通う海軍兵学校が築地から広島《ひろしま》の江田島《えたじま》に移転することになり、真之は東京を去っていた。

手紙はその報せである。予備門を退《や》める時も手紙ひとつに数行書いてよこしただけだ。

――相変らずじゃのう、真之さんは……。

子規は笑いながらつぶやいた。

江田島に移転した学校の準備がまだ整わず生徒に夏の休暇が出たらしい。それで松山に帰省したとある。

子規の家に挨拶に行った旨が綴《つづ》られ、母の八重も妹の律も達者にしていると書いてある。

子規は負けん気が人一倍強い真之の顔を思い浮かべた。

「ノボさん、あしはひとかどの人物になりたいぞなもし」

真之は子規に、時折、こころのうちを話した。

真之の兄、好古《よしふる》と子規の叔父、加藤恒忠《かとうつねただ》は城下で一、二の秀才と呼び声が高かった。

子規と真之には、そんな秀才二人が身近にいて、その後に続く者として立身出世をしなくてはという思いがあった。

「あしになれるじゃろうか？」

真之は空腹に耐えながら、猿楽町《さるがくちょう》の下宿で子規に己の将来のことを訊く。

「おう、真之さんならなれるとも」

子規が応えると真之は目をかがやかせて、

「そいはほんとうか」

と念を押した。

「大丈夫じゃて、あしにはわかる」

子規が言うと真之は安堵したように笑った。

上京したばかりの田舎出の若者が二人して励まし合い志にむかって頑張っていた仲である。真之にも子規にも互いは無二の親友という気持ちがあった。


あと数日で向島を出るという夜、子規は皓々《こうこう》とかがやく月に誘われ河原に出た。すでに秋の気配であった。

河原に佇《たたず》むと、対岸の今戸河岸《いまどがし》の荷揚げ場に連なる長屋が淡い影となってしずまりかえっている。そのむこうに浅草寺の本堂が紫色に浮かんでいる。吉原《よしわら》のあろう辺りにわずかに灯《あか》りの気配がある。昼間の喧噪《けんそう》が嘘のようである。

ただ目前を重い音を立てて隅田川が流れている。川の水音というものが、これほどはっきり岸にいる人々の身体の奥底にまで響きわたることを子規は向島で知った。松山の海に舟で出ると汐音《しおね》を耳にはっきりと聞くことがあった。瀬戸内海の汐音はかろやかであった。

――この土地に来てよかったの……。

子規はつぶやいた。

先刻、ようやく離れた机上には「七草集」の六部の巻までが完成し、残りの構想もほぼ目処《めど》がついた。

美文、俳句、短歌、詩はかたちになった。小説は向島を舞台に着想もかたまった。今様《いまよう》、都々逸《どどいつ》……はかねてから練っていたもので仕上げられそうだった。

子規にとって自らの手ですべてを創作する初めての文集だった。七部の巻まで完成すれば、これを世に問おうと考えている。

俳句、短歌、小説を単独で発表するものはいても、これらすべてを一人の手で成した者はいない。人々は驚くに違いない。

この当時、〝文芸〟なる言葉も発想もまだなかったが、子規はこれらにいちどきに挑戦したことで、或《あ》る事に気付いていた。個々のものが独立して存在しているように見えるが、どこかで皆つながっている気がする。今はその根元を説明することはできないが、対岸にぽつぽつと仄《ほの》かに見える灯りのように、そこにそれぞれの暮らし振りや生き方はあっても、これを大きな視点をもって眺めればすべては地続きのように連なり、水音を立てて流れる川のごとく何かにむかって流れている。

とどまることを知らないものを筆でとどめようとする作業を人々は古今くり返してきたのだ。

これが子規の目指す〝文芸〟に限らずあらゆることに通底しているとはまだ子規にもわかってはいなかった。この先、正岡子規という人間が成そうとする大きな事業の礎《いしずえ》となるものにふれはじめていた。

——ここにはまっこと何かがあったのう……。

子規はまたつぶやいた。

子規は向島にやってきたお蔭《かげ》で、上京して以来の五年間疾走し続けたことで忘れていたいくつかの時間を追憶することができた。

則遠《のりとお》のことがそうである。

それまでも亡き友、則遠との日々を何度か思うことはあった。忙中閑《かん》がない暮らしではなかったが、日々背中を押されるように何事かにむかっている自分のこころに則遠との時間があらわれる余裕はなかった。

ひとつ違えば則遠は自分であったかもしれないし他の友であったかもしれない。

もう子規は今年、数えで二十二歳である。

尾崎紅葉《おざきこうよう》、山田美妙《やまだびみょう》……とすでに筆ひとつで世に名をなしている人たちはいた。彼等に対して自分が劣るとは思わない。

自分はただ何を目指してよいのかが見えないだけである。このまま朽《く》ち果てては……、則遠の夢も自分の夢も目前を流れる川の水泡《すいほう》となってしまう。子規は則遠との日々を思い返すことで己がどう生きねばならないかをあらためて確認することができた。何をやるかはまだわからなくとも、どうしなくてはならないかはわかった。

真之が大学進学をあきらめ、海軍兵学校へ新しい道を求めてすすんだのも同じことであろう。

あの勝ち気で、他人に従順になることを拒む性格の真之が規則の遵守《じゅんしゅ》を第一義とする軍人になろうとしている。兄、好古の給与では大学進学の費用を賄《まかな》えないという事情があったにせよ、真之が軍人を目指したのは彼の意志である。

新しい国家というものの中で一人の人間が立てる場所を真之は探し求めている。大臣も、議長も、博士を目指す者も皆立場こそ違ってもそれぞれが立つ場所を築こうとしているのだ。

今日まで思うがままに自分の興味が湧くものに子規は手当り次第にふれてきた。これは子規の性格である。生まれついての気質《たち》、性分だ。

そうしてきたことに不安がないわけではなかった。むしろ不安と焦燥《しょうそう》が自分の身体の芯のような所をぐいぐいと押し上げてくる。それが子規という稀代《きたい》の人物の原動力でもあった。

子規は夜空を見上げた。

秋の月が皓々とかがやいている。

則遠はあのかがやく月の彼方《かなた》にいる。

子規は自分が則遠のいよう月の彼方に行くのか、それとも閻魔《えんま》大王の下で餓鬼《がき》となるのかわからないが、そんなことはどうでもよかった。

川面《かわも》に目をやると月が映り込み、震えるように揺れていた。

子規は今の自分も、あの水面《みなも》の月明りのようなものだと思った。大河に呑みこまれまいと必死でとどまろうとしている。人々の目にかがやかしい光として映りたいのだ。その行為をむなしいなどとは思わなかった。むしろ逆に神々《こうごう》しい行為だと思った。何事かを成すために自分はこの世に生まれてきたのだ。

『何事かを成すために努めよ。励め』

耳の奥で声がした。

大原観山《かんざん》の声だった。

「あしは大人になったら先生（観山）のようになるぞな」

子供の時に、母、八重に子規は言ったことがあった。

その時に見た母の嬉しそうな顔をはっきりと子規は覚えていた。

——ここは淋しゅうはなかったの……。

子規はさらにつぶやいた。

生まれてこのかた独りでひとつ処に居たのは初めてのことである。

母、八重の命で観山の下に通うようになってからの子規の周囲には三並良《みなみはじめ》がいたように、誰かしら学友なり仲間がいた。子規が独りになったのは他の学友たちが皆上京して行った十六歳の秋から十七歳の初夏までの間だけだった。

この時、子規は松山で居てもたってもいられず、母に内緒で松山中学を退学してしまった。叔父の許可が貰えなかったら自分一人で上京するつもりだった。

いったん上京を果してみると真之が、則遠が、良が、古白が……、誰かしらが子規のそばにいた。子規にとってそれが普段の日常だった。こちらから来てくれと頼むわけではなかった。気が付けば大勢の仲間がそばにいてワイワイとやっている。それはそれで楽しかったが、今夏、それではいけないと子規は独りで、いやせめて良と古白の三人くらいで、かねてから編纂《まとめ》ようとしていた「七草集」の創作にとりかかった。

自分というものを世間にわからしめるためにどうしてもかたちにしなくてはならなかった。

それゆえ良と古白が向島を引き揚げた時、子規は彼等をとどめようとしなかった。

勿論「七草集」のことがあったが、もうひとつ向島に居続けたい理由があった。おろくである。

この餅屋に着いた日、子規はおろくの姿を初めて見て、その娘が餅屋の娘とは知らなかった。ただ庭先から突然、目の前にあらわれたおろくと目が合った。

おろくはただ驚いていたが、子規は違った。

その瞬間、胸がどぎまぎしてしまった。

そんな感情になったのは初めてだった。いや松山でそれに似た感情が起こったことがないではなかったが、しかしそのときめきが恋情だとわかるには、子規は若過ぎた。綺麗な娘さんじゃのう、と見惚《みと》れることはあっても、その印象からそのまま自分とその娘の関りを発想するにはいたらなかった。色恋にはノンキだったのである。

ところがおろくにむかう感情は違っていた。その違いはおろくを連れて浅草寺に参拝に出かけた折に自分でもはっきりとわかった。

しかし子規は色恋の術《すべ》というものを知らなかった。何も知らぬということではない。げんに「七草集」の中で仕上げる小説は恋愛が題材であった。それも男女の三角関係が物語の核となっていた。

ただ自分が当事者となると、どう対処してよいのか言葉も出ず行動もできなかった。おろくが自分に悪い印象を抱いていないこともわかっていた。おろくが二階に茶や菓子を運んでくるのを子規はこころ待ちにしていた。ただその先の行動が子規にはできなかった。自分でも、ああしてみようか、こうしてみようかと想像はするのだが、そうした後がどうなるのか不安だった。

夏が終る頃になっておろくが二階にやってくるのが少なくなった。いっときは毎日顔を見せていたから、それがおろくの親の意志のようにも思えたし、おろくの意志のようにも思えた。

〝意中の人〟ではなかったのかもしれない。

おろくがまだ子供であったのかもしれない。

それでも子規はおろくが居てくれたお蔭で毎日が楽しかった。

「そろそろここを引き上げよかのう」

子規は声に出して言った。

漱石との出逢い。君は秀才かや

「まっことと住みよいもんじゃのう。同じところで生まれ育った者と暮らすのんは」

子規《しき》は常盤会《ときわかい》寄宿舎の庭先で柿の木を眺めながら満足そうに言った。

柿の木に実がなっているが、まだちいさく青い。柿の木の下の鉄棒が朝露《あさつゆ》に光っている。

子規は柿の実のむこうにひろがる東京の秋空を見上げた。

背後の食堂からは寄宿生の笑い声がする。時折、耳に届く伊予弁がどこかのびのびして聞こえる。ここだけが東京の中の松山のようだ。

子規は向島から戻ると、下宿を引き払い、本郷真砂町《ほんごうまさごちょう》の炭団坂上《たどんざかうえ》にある旧松山藩子弟のために旧藩主、久松家が前年（明治二十年冬）設けた常盤会寄宿舎に入舎した。

子規はこの九月から本科に入学していた。

キャンパスの中はそれまでの予科とはまるで様相がかわっていた。

学生、書生の顔付きが違っていた。どの顔も一人前の大人の顔に見えた。

子規は彼等の服装、態度、所作を目にして、

——いよいよはじまるのう。

と意気盛んに血が躍った。

だが子規はいきなり走り出そうとしなかった。まずは学内の人物を見極めようと思った。

だから今日は授業には出ず、農学部でやっているべーすぼーるに興じるつもりだ。

子規は部屋に戻った。子規の部屋は他の舎生より広かった。

これは子規が文集の編纂《へんさん》をはじめていることを知っていた監督の服部嘉陳《はっとりよしのぶ》の配慮であった。服部は子規の母方の叔父、藤野漸《すすむ》の実兄だった。藤野漸は古白の父である。

この二人が久松家に陳情し、この常盤会寄宿舎を設置させたのである。

子規がべーすぼーるのユニホーム姿で食堂の前を歩いて行くと、服部が姿を見つけて声をかけた。

「おう正岡さん、これから出かけますか」

「はい、今日はちいっとべーすぼーるをやってきちゃろうと」

「いいですね。どちらで」

「農学部です。〝新橋倶楽部〟は平岡《ひらおか》さんが鉄道局を退めて、べーすぼーる部がなくなってしもたんです。それで少し農学部の連中にべーすぼーるを教えちゃろうと思うて」

「そりゃいい。昨晩もずいぶん遅くまで部屋のランプが点《つ》いとりましたが仕事の進み具合いはどうですか」

「はい。何とかなりそうです。第一、ここは静かでええ」

「そうですね。本郷の砲台練習場がなくなりましたからな」

「今日、白石いう新しい書生君がべーすぼーるをしたいと言うてきましたが、どこぞで見かけませんでしたかな」

「ハッハハハ、もうそんな話をしましたか。あれはここに着くなり正岡さんのことばかりを聞いとりましたから、そんなことと思いました。けど今はまず一高入学のための勉学じゃと叱《しか》って学校に行かせました。皆が皆正岡さんのようには行きません」

「そいですか、まあしょうがないわいな。まずは勉学じゃけん」

「まったくそのとおり」

子規は二、三度うなずいて服部に挨拶し、玄関の方にむかった。

子規はグローブの中央を拳《こぶし》で叩いて、

「さあ、ここに投げんさい」

と大きな声で投げ手に言った。

投げ手の手から離れたボールは弧《こ》を描いてむかってきた。

ボールを見つめる子規の視界に澄んだ秋の青空が見えた。

――ええのう。ベーすぼーるはまことにええのう……。

カーンと音を立てて打ち手の振ったバットにボールが当たり、また青空に返っていく。

――ええのう。まことにええのう。

一人、二人、三人の捕り手がボールの下に集まっていく。

打ち手はすでに走り出し、土を蹴る音がする。

ボールの落下点に集まった三人が顔を見合わせ捕り損ねた。その間に走者となった打ち手が一塁、二塁、三塁と回っていく。

「ほれ、こっちに投げてよこしゃ」

ボールを拾った捕り手はまだベーすぼーるの規則を知らないのか、そのままこっちにむかって走ってきた。

くる。

「投げ、投げるんぞなもし」

子規が大声で言ってもただ捕り手と走者は子規にむかって徒競走のように突進して

子規はあわてて本塁から逃げ出す。

本塁上で二人が転がり、顔を見合わせて大笑いをしている。

その恰好《かっこう》を見て、見物していた学生たちも笑い出した。そんなことじゃ波羅戦《ポーロ》に勝てないぞ、とはやしたてた。

――まったく連中の言うとおりじゃ。まず規則を教えんとならん。

すでに廃部になった東京で最強のチームであった平岡凞《ひろし》の創設した新橋倶楽部のべーすぼーるを知っているのは本科では子規と数人しかいない。

子規は本科のべーすぼーるのチームを強くしたいと思っている。今、対戦相手として手強《てごわ》いのは築地にある耶蘇《ヤソ》教の伝道会が設立した波羅大学と駒場《こまば》農学校のべーすぼーるチームだ。このチームは本場米国人が手ほどきをしているから上達が早い。

それに比べて第一高等中学校の本科は烏合《うごう》の衆で肝心の練習をしようとしないし、べーすぼーるをよく理解していない。

子規は全員を本塁の所に集めてべーすぼーるを教えはじめた。

「ええか。べーすぼーるは戦《いくさ》と同じじゃ。戦争じゃ。十八人がふた手に分れて、二丁四方の中でお互いの陣を攻め合うと考えんといかん」

子規は土の上に今で言う野球のダイヤモンドの図を描いた。

皆が頭をくっつけるようにして、その図を覗き込んでいる。いつの間にか二十人足らずだった生徒が四十人に増えていた。

こうなると子規は調子が上がってくる。

「ノボさん、うしろの連中がよう見えんと言うとりますがの」

常盤会寄宿舎からべーすぼーるをやりに来た第一高等中学校を目指す書生が言った。

「ほうか、そいなら待っとってや」

子規は手に付いた土をパンパンと音を立てて払うと、皆にむかって大声で言った。

「あしは本科の正岡常規じゃ。これからべーすぼーるの伝授をするが、まず興味がある者は手を挙げておくれや」

ほぼ全員が手を挙げた。

「ほうか、ヨオーッシ、そいなら伝授しょうわい。まずはこの円に沿って座ってや」

子規は地面に足で大きな円を描いた。

子規の顔から白い歯がこぼれている。大勢の者に自分の識《し》るところを語って聞かせるのは子規の得意とするものであり、彼が何より好むことだ。

「まずべーすぼーるというもんは米国から渡ってきたもんぞ」

子規の声は甲高《かんだか》くなっている。

「これがボールじゃ。そしてこの棒がバットじゃ。このボールを投げ手が放る。それをこのバットが打ち返す。されば十八人がふた手に分れて敵、味方の組をこさえて戦う。戦さ、戦争と同じじゃ」

戦さ、戦争と聞くと書生も学生も色めき立つ。ここにいるほとんどの若者の家系は二十年程前には武士であったからだ。

「べーすぼーるほど愉快な戦争は他にはないわい。分れた九人が力を合わせて相手を倒すんじゃけん。投げ手の放るボールも九度でひと区切りじゃ。そうして勝負も九回で結末とする」

「どうして九ですか？　正岡さん」

聞いていた学生の一人が言った。

「おう、ええ質問じゃ。支那《しな》では九という数字は陽数の極めじゃ。零《ゼロ》から一をはじめとすれば九が一番上じゃろう。陽数の上じゃからべーすぼーるは陽気この上ないものいうことになろう。九五《きゅうご》（天子の位）しかり、九重《ここのえ》しかり、皆目出度《めでた》い数じゃ」

いささか強引な説明だが若者たちは子規の言葉に皆大きくうなずいている。

「さて攻め手はまず……」

少しずつ人だかりが増えていく。

そこに本科の学生が二人、池之端《いけのはた》の方に下ろうと運動場脇を歩いてきた。

「ありゃ何だね。演説でもしているのかね？」

一人の学生が言った。

「あの恰好は、この頃、流行のベーすぼーるに興じている連中だろう」

もう一人の学生が言った。

「人間は愚行で人生の大半の時間を費やすものだ」

「そうか、米山《よねやま》君、君にはそう見えるんだ。ボクには少し違って見えるが……」

「ほう、どう見えると言うのかね。夏目《なつめ》君」

米山保三郎《やすさぶろう》が訊《き》いた。

「ああしているのは皆が滾《たぎ》る精神を沈着させようと目の前に映るあでやかなものに引かれているんだよ。そう愚《おろ》かでもないよ」

夏目金之助《きんのすけ》が言った。

「くだらん。人間の進化はまず精神の克服にあるんだ。ひとつのことが成立するためにはそれに適《かな》う者がそれを目指し生存するのさ」

「またスペンサーかね。〝適者生存〟もいいが、もう少し幅が広くてもいいんじゃないかね」

「それは必要だ。自由放任はスペンサーの提唱するところだ」

明治十年から二十年代にかけて、イギリスの哲学者ハーバート・スペンサーの著書が日本で数多く出版された。帝国大学の本科、哲学科もスペンサーの『心理学原理』を教本にしていた。学生もこぞってスペンサーを愛読していた。彼の著作の基本理念は社会進化論であった。社会の構造と機能の関係を「総合哲学体系」として完成させたスペンサーの哲学は現代社会学の基礎にもなっている。

夏目金之助こと後の漱石《そうせき》も同級生で秀才の呼び声高かった米山保三郎もスペンサーの原理を学んでいた。

「じゃ、スペンサーの原理から言えばあの人たちも自由であっていいんじゃないのかね」

「う〜ん」

保三郎が唸《うな》った。

金之助は大勢の学生の輪の中心にいる若者をじっと見ていた。

金之助が笑った。

明治二十一年という年は日本のジャーナリズムの草創期でもあった。

一月に東京で日本初の通信社、時事通信社が創立され、海外のニュースを日本に紹介し、日本のニュースも海外に発信されるようになった。四月には雑誌「日本人」が発刊され、六月、記者自らが坑員となって長崎《ながさき》港外の高島《たかしま》炭鉱の坑内に入り、労働の惨状《さんじょう》を暴露《ばくろ》した記事を掲載した。ルポルタージュのはじまりである。

七月には「めさまし新聞」が「東京朝日新聞」と改題され、刊行がはじまり、十一月には「大阪日報」を改題した「大阪毎日新聞」が発刊。同月、日本で最初の少年雑誌「少年園」が発刊された。

後に子規の活躍の場となる新聞「日本」は翌二十二年の二月に子規の東京の後見人である陸羯南《くがかつなん》によって創刊される。

子規が本科に通いはじめた九月の初旬、四年のドイツ留学を終えて森林太郎《もりりんたろう》、後の森鷗外《おうがい》が帰国している。森のドイツ留学は軍隊衛生学研究のためであったが、彼は留学中にヨーロッパの哲学、芸術にふれ、特に文学に興味を引かれ、それを吸収しての帰国だった。

子規は七年後の明治二十八年に新聞「日本」の従軍記者として日清戦争の取材のために中国に赴いた折、軍医として中国にいた森に初めて面会し、毎日のように訪問し語り合うことになる。その後、日清戦争が終焉《しゅうえん》すると森は子規の庵《いおり》で催された句会に出席するようになる。この時、森鷗外とともに漱石《そうせき》も句会に参加している。

その漱石こと夏目金之助《なつめきんのすけ》と子規との距離が少しずつ近づこうとしていた。

夏目金之助は子規と同じ慶応《けいおう》三年の一月五日に江戸の牛込馬場下《うしごめばばした》に夏目小兵衛直克《こへえなおかつ》と千枝《ちえ》の五男として誕生した。父、直克は牛込、高田馬場《たかだのばば》周辺を治める名主《なぬし》だった。子だくさんのため金之助は生後すぐに四谷《よつや》の古道具屋に里子に出された。しかし夜遅くまで道具と一緒に寝かされている赤子を見て姉が不憫《ふびん》に思い連れ戻された。そして二歳の時に塩原《しおばら》家に養子に出される。やがて養父の女性問題が起こり、九歳の時に養父母は離婚し、実家に戻る。金之助は子供時代を家庭の揉《も》め事の中で過ごしていた。

そんな中で金之助は市谷《いちがや》学校を経て、錦華《きんか》学校、府立一中へと進学する。ところが府立一中では大学予備門に必要な英語の授業のない正則科《せいそくか》だったため二年で中退する。その後、漢学私塾の二松学舎《にしょうがくしゃ》に入学。明治十七年、大学予備門に入学する。予科二級の時、金之助は腹膜炎《ふくまくえん》を患《わずら》い進級試験が受けられず落第してしまう。その落第で金之助は初めて失望を味わうことになった。これを機に金之助は江東《こうとう》義塾などの私立学校で教師をするなどして自活をはじめる。学業にも励み、金之助はほとんどの教科で首席をとるようになる。中でもとりわけ英語の成績の良さは第一高等中学校はじまって以来の秀才と呼ばれる所以《ゆえん》となった。

子規が予科生の時、すでに教師と英語で話している金之助を見て感心したのもこの頃であった。

本科に進んでからも子規は相変らず勉学以外のことに忙しかった。

まずはべーすぼーるであった。

常盤会《ときわかい》寄宿舎に入舎して何より子規を喜ばせたのは、べーすぼーるのメンバーを集めるのに苦労しなくて済むことだった。

子規のすることは伊予《いよ》出身の書生たちから憧れの目で見られていた。子規が一言、

「べーすぼーるをしようぞなもし」

と口にすればたちまち十人、二十人の書生たちが集まるようになっていた。

昼は本科の授業、そしてべーすぼーる。夜は俳句の研究、そして何より「七草集《ななくさしゅう》」を完成させなくてはならなかった。

年の内に「七草集」をかたちにしたい、というのが子規の当面の目標だった。

それればかりではなかった。子規が入舎する年の四月、寄宿生の発案で「常盤会雑誌」が創刊され、そこへ当然のごとく子規の文章を載せたいと切望された。子規はこの雑誌に「詩歌《しいか》の起原及び変遷《へんせん》」と題した評論を投稿した。

そうして本科が休みになると、ベーすぼーる。さもなければ皆して寄席《よせ》へ出かけた。

秋の終り、高座から姿が消えていた三遊亭圓朝《さんゆうていえんちょう》がようやく復帰してきた。この夏、禅の師と仰いでいた山岡鉄舟《やまおかてっしゅう》が亡くなり、圓朝は哀しみのあまり高座に立てなくなっていた。

その圓朝を見ようと子規は年の瀬まで何度となく寄席に通った。どうしても寄席に行きたくなると子規は寄宿生から借金までして通った。

この当時、ほとんどの寄席小屋の木戸銭《きどせん》は三銭か三銭五厘《りん》と相場は決っていた。ところが圓朝の出る席は四銭の木戸銭を取った。五厘の差であるが、圓朝みたさに通う子規にとって五厘も毎度重なればこたえた。それでも子規は寄席へ通い続けた。圓朝が見たい、と思いはじめると圓朝を見なくては、となるのが子規の性分だ。

圓朝は数えで五十歳になり益々脂《あぶら》が乗って円熟期を迎えていた。

明治二十一年が明けた。

東京は松の内の三日から雪を見た。地面のあちこちが凍りついた。

それほどの寒さだったからべーすぼーるどころではなかった。

子規は本科の授業に出る以外は部屋で「七草集」の執筆に励んだ。

一月二十二日、徴兵令《ちょうへいれい》が改正され、それまでの戸主の徴兵に対しての猶予《ゆうよ》が廃止され、職業による徴兵免除が大幅に改正されることになった。年毎に富国強兵策が推進された。

子規はその公布を聞いて、自分もいつか戦場へ行くことを願った。

そんな日々の中で子規は本科の授業に出た帰りに図書館に立ち寄った。借りようと思った本があったが先に借りた学生がいた。

係員にその本の有無を聞きに行くと、生憎《あいにく》何人かの学生が並んでいた。

子規は図書館の中にある談話室に行った。

何人かの学生が屯《たむ》ろしていた。

「正岡《まさおか》君」

子規を呼ぶ声に談話室の隅を見ると、四、五人の学生が立ち話をしていた。その中にべーすぼーる好きの本科の学生がいて、子規に手を振った。

「よう、元気にしとったかな」

子規が言うと相手も嬉しそうにうなずき、

「正岡君、私の友人を紹介しておくよ」

と左端から同級生を子規に紹介した。そうして一番奥で腕を組んでいた学生を紹介した。

「正岡君、夏目金之助君だ。夏目君、ほらいつか話したろう。俳句や短歌、漢籍に長じている同級生というのが正岡君だ」

「やあ」

夏目金之助はそれだけ言って視線をそらした。

「やあ」

子規も同じように言った。

子規は予科の時にこの学生を見たことがあった。

開校以来の秀才と噂の学生だった。それを鼻にかけているわけでもあるまいが、無《ぶ》愛想《あいそう》な学生だと思った。

「そう言えば正岡君、君、圓朝に熱心らしいね」

「熱心というほどではないぞな。けれど落語というものは本科の授業と違っていろいろ勉強になるぞな」

「けっ、落語なんぞ、商家の隠居が慰《なぐさ》みに聴くものだろう。浄瑠璃《じょうるり》、講談の類《たぐ》いも同じだ。あんなものをいつまでも聴いているから日本人は西欧に置いていかれるのさ」

一人の学生が言った。

――君、それは違うぞなもし。

子規が相手に大いに反論してやろうと腹に力を込めた時、声がした。

「それはまったく間違いだね」

声に驚いて相手を見ると、秀才が話しはじめていた。

「君は落語の何たるかをまるでわかっていないよ。落語は古いところなどひとつもありはしない。むしろ革新の象徴だよ。哲学で言うところの矛盾《むじゅん》を人間社会の中で語っているものだ。それは講談しかりだ」

子規は金之助の言葉に感心し、嬉しくなって言った。

「そのとおりぞなもし。あしより落語に詳《くわ》しいものが本科におったとはたまげたわい。そうぞなもし、今、落語を否定した君、ぜひ圓朝を聴きに行きたまえ。〝牡丹灯《ぼたんどう》籠《ろう》〟など我身にしみるぞな」

「圓朝もいいが、円遊《えんゆう》もなかなかだ」

金之助が言った。

「おう〝通り抜け〟の円遊もええぞな」

「ああ円遊の〝野ざらし〟は絶品だ」

金之助がようやく笑った。

——こいつなかなかの人物じゃ。ただの秀才ではないぞ。

子規は金之助を見て大きくうなずいた。

その夜、寄宿舎で「七草集」を執筆しながら子規は昼間、図書館の談話室で逢った夏目金之助のことを思った。

予科の時から何度か見かけていたが自分と相容《あいい》れるものはない人種だと思っていた。秀才というのがどうも気に入らない上に、苦手であった。

これまで見て来た秀才は鼻持ちならない輩《やから》が多かった。しかし夏目金之助は違った。

『ああ円遊の〝野ざらし〟は絶品だ』

と言ってかすかに笑った顔など、これまで逢ったことのない正直者である。正直者ということは、あの学生には持って生まれた品性と才覚があるということだ。

「あれは本物じゃ……」

子規はつぶやいた。

元来、子規は知らぬ者とすぐに話ができる気質《たち》ではないし、人の好き嫌いがはっきりしていた。慕《した》ってくる者は無条件で受け容れたが、その逆に敵対する者には容赦《ようしゃ》ないところがあった。その感情の差は驚くほど大きかった。

子規は夏目金之助のことを考えた。

なぜ、今日逢ったばかりの彼のことを考えるのか、子規自身にもわからなかった。

ただ子規は幼少の頃から学んできた漢籍の中で中国の詩人たちがたった一夜だけの交流で生涯の友となるのを学んでいたし、そういうものに憧《あこが》れていた。

子規には、これが自分の取るべき行動だと思うと、そこに一直線に突進する性癖があった。

実はその性癖は夏目金之助も生来持っていたものであった。ただそれを表現する上のやり方にいささか差異があった。

子規のきわめて直接的な表現法と夏目金之助の間接的な表現法の違いである。そうならざるを得なかったのは二人の生《お》い立ちも関係していたかもしれない。

周囲の期待を一身に背負って育てられてもなお自由に自分の道を探し続ける子規と、生まれてすぐに里子に出され、その後も養子にやられ、大人たちのゴタゴタの中でも自分を探し続けようとした金之助はまったく相反する環境で育った。しかし共通していたのは二人が自我の目覚めという点では一切の妥協をしなかったという点だ。

まだ若く、自分たちの探し求めるものが何であるかが見えぬ二人には、初めて言葉を交わしたというだけの遭遇がこの先何を生み、何のはじまりとなるかは想像すらできなかった。

二人の出逢いが単なる友情以上に、近代の文学に重要なものとなることは知るよしもなかった。

子規は、翌日、早速金之助のところに出むいた。

「よう夏目君、昨日はどうも」

明るく声をかけてきた子規に金之助はいささか驚いた。

「昨日の円遊の〝野ざらし〟の話じゃが、あれから考えたが君の言うとおり、あれはなかなかのもんぞなもし」

「…………」

金之助は何と返答してよいやらわからなかったのかかすかに笑ってうなずいた。

子規はそれまで、いささか日本人離れした彫《ほ》りの深い顔と大きな目を無表情にしていた若者が一瞬見せた微笑に満足した。

「どうじゃろう？　一度二人で寄席にでも行かんかな」

子規が誘うと、

「君のよく行く寄席はどこだね？」

と金之助が訊いた。

子規はまず圓朝の大〓屓《だいひいき》であった藤浦周吉《ふじうらしゅうきち》が小屋主の京橋《きょうばし》の三周屋《さんしゅうや》を挙げ、両国《りょうごく》の立花家《たちばなや》、常盤亭《ときわてい》、日本橋《にほんばし》の木原亭《きわらてい》、伊勢本《いせもと》の名を口にした。

「伊勢本なら子供の時分から通っていたよ」

金之助が応えると子規は目を丸くして言った。

「ほうか、夏目君は子供の時から寄席に通っておったか。こりゃ、おみそれした。君は筋金《すじがね》入りの寄席通ぞな」

子規の言葉に金之助は頬《ほお》を少し赤らめて、

「東京の人でない正岡君が江戸からある老舗《しにせ》の小屋にそれだけ通っているとは私の方こそおみそれした」

金之助の返答に子規は、ハッハハと大声で笑った。金之助も白い歯を見せた。

二人の様子を見ていた同級生たちは夏目金之助もああして楽しそうに笑うことがあ

るのだと珍しいものでも見たように眺《なが》めていた。

それから子規は三日にあげず金之助を訪ねてきた。

何か特別な用があるわけではない。二人の話題はもっぱら寄席の話ではあったが圓朝と円遊の話をしながら二人は互いの人間の見方に共通点があるのを発見していた。


明治二十二年二月十一日に大日本帝国憲法が発布された。

この日、東京は前夜からの雪で一面銀世界であった。

子規にとっても大切な日だった。陸羯南が新聞「日本」を創刊したのである。

子規は祝いに駆けつけ、創刊号を見て興奮した。

創刊号には日本の形式的欧化主義を正面から批判し、日本国の確固たる歩みこそがこの国の将来に繁栄をもたらす、と羯南の持論が紙面一杯に論じられていた。

「いやあ、さっすがは羯南さんじゃ。これは新聞の革新ぞなもし」

文苑欄《ぶんえんらん》と呼ばれる文芸面には漢詩、短歌が掲載してあった。

その漢詩を読んで子規は羨《うらや》ましく思った。

「正岡君、どうだね。『日本』の文苑欄に何か寄稿してみないかね」

羯南の言葉に子規は目をしばたたかせて東京の後見人を見た。

「ほんまですか。あしでかまんですか」

「君がいいんだよ。私は君の漢詩、短歌、俳句の考えを聞く度《たび》に感心していたんだ。『日本』も創刊したばかりだから読者のことを考えて紀行文を書いてくれないか」

「紀行文ですか。『笈《おい》の小文《こぶみ》』『おくのほそ道』ですな。わかりました。一生懸命書かせてもらいましょうわい」

子規は羯南の提案が嬉しくてたまらなかった。

翌日、子規は金之助の許《もと》に新聞「日本」の創刊号を手に逢いに行った。

「おう夏目君、これはあしの東京の後見人の陸羯南さんが創刊した新聞ぞな」

子規は誇らしげに言った。

「ほう、そうなのか」

金之助は「日本」を手に取ると興味深そうに読みはじめた。

「ずいぶんと愛国心に富んだ論評だね」

「そいじゃろう。羯南という人は津軽《つがる》の下級武士から司法省法学校に進んだ人じゃ。フランス語も話せるから欧化主義を何もかも否定しておいでるんとは違わい」

「ほうフランス語を」

「ほうじゃ。君の英語と並ぶほどかもしれん」

「私の英語はまだ学生の英語だ」

子規は金之助のこういう謙虚なところが好きだった。

「それに、あしは羯南さんから寄稿を頼まれたぞな」

子規が胸を張って言うと、金之助は珍しく顔色をかえて反応した。

「どんなものを書くのかね」

「まあいろいろ書くもんはあるけんど、新聞『日本』も創刊したばかりゆえに読者を広げにゃならん。それで紀行文はどうかと思うとる」

子規は羯南の言葉をそのまま自分の考えのように言った。

「ゆくゆくは漢詩、短歌、俳句を寄稿しようと思うとる」

「漢詩を書くのかね」

「そうじゃ」

「正岡君は漢詩を作るのかね」

「ああ作るとも。夏目君はどいじゃ？」

「私も少しやります」

「夏目君の漢詩ならよいもんじゃろう。今度ひとつ見せてくれんかの」

「私の漢詩は新聞に寄稿するようなものではありません」

「いや、あしには君の漢詩がわかる。漢詩しかり、短歌、俳句、美文にいたるまで大切なのは人そのものぞな」

子規の言葉に金之助は顔を上げた。

「そうよ。人よ。その人の内にあるものがきちんとしとらんとその詩歌はあほだらじゃ」

「あほだら？」

金之助が怪訝《けげん》そうな顔をした。

「ハッハハハ、これは失敬。あほだら言うんは伊予の言葉でたわけ者という意味じゃ」

それを聞いて金之助が笑った。

「それを作る人がたわけた者なら詩歌そのものもあほだらになってしまう……。これは面白い。しかし正岡君はいつから漢詩や短歌を勉強しているのかね」

子規は右手を上げて指を開き、そこに左手の指を二本足して、

「七歳からじゃ」

とニヤついて言った。

「七歳から……」

金之助が目を丸くした。

「おう。あしの母の父、つまりあしの祖父は大原観山《おおはらかんざん》というて旧松山藩の漢籍を教える人じゃった。あしは早《はよ》うに実父を亡くしたもんじゃから、その観山先生の所に七歳から漢籍の教えを請《こ》いに行ったんよ」

「それは素晴らしい」

「いや、もっともあんまり寝坊で母は毎朝、あしの鼻先に飴玉《あめだま》をぶらさげて学問所まで行かしたぞな」

「ハッハハハ」

金之助が大声で笑った。

「夏目君はどこで漢籍を勉強したんぞな」

「私は見よう見真似ですから仕上がってみても音韻《おんいん》やらが不安定で」

「そいじゃ、一度あしが見てさし上げようぞ。漢詩ならちいっとばかり自信はある」

「じゃ正岡君に一度見てもらおう。他にはどんなものをやっているのかね」

いつになく金之助が積極的だった。

「俳句もやります」

「俳句か……」

金之助は少し落胆《らくたん》したように言った。

「夏目君は俳句をやらんぞな」

「真似事はしたことがあるが、商家の隠居たちが詠《よ》むふうに風流にはいかないね」

「それは夏目君、間違いぞな」

子規の言葉に金之助が顔を上げた。

「俳句というものは今でこそ戯《たわむ》れの歌を詠むように言われとるが芭蕉《ばしょう》の句などはなかなかのものじゃし、世間の人が知らない立派な俳諧師《はいかいし》をこの国は輩出しておる」

「そうなのかね」

「ああ、これは断じて言える」

二人はこの日、猿楽町《さるがくちょう》の鰻屋《うなぎや》に行った。

「なしてこないに東京の鰻は美味いかの」

子規は飯粒をこぼしながら言った。

「正岡君は鰻が好きなんだね」

「ああ鰻に限らず牛鍋も、どじょうも、鮨《すし》も大好物じゃ」

「…………」

金之助は圧倒されたように子規を見ていた。

「どうじゃろうか。これから寄席にでも一緒に行かんかね」

「ああ、いいね」

二人の脳裡《のうり》に高座の上にさりげなく脱ぎ捨てられた噺家《はなしか》の羽織《はお》りの紐《ひも》が浮かんだ。

子規は満足気な顔をして立ち上がると、金を払わずに店を出て行った。

子規が鰻屋の勘定《かんじょう》も払わずに、平然として店を出て行ったのに金之助はいささか驚いた。

それでいて、図太い奴《やつ》だ、金を他人に払わせて平気な男は卑《いや》しいか、馬鹿のどちらかだとこれまでの金之助なら思うのに、なぜか子規に対しては、そんな感情は起こらなかった。

金之助にとってこれまでなかったことだった。

金之助も面喰《めんくら》ったが、子規には損得勘定というものが端《はな》っからないように思えた。そうでなければもう少し人というものは、金銭に限らず己にとって得か損かと鼻先を動かすような気配を見せるものだ。

そんな素振《そぶ》りが子規にはまったくない。

よほど鈍感なのかと思わぬでもなかったが、先日から寄席の、落語の話を聞いていると東京で生まれ育ったものより、よほど落語の肝心なところを見抜いている。伊予の出身と聞いたが、西の方の人間はどうも立身出世のことばかりにこだわり品格に欠けるところがある。これまで金之助が見てきた西の人間は多かれ少かれ、そうであった。

ところが子規にはそれが微塵《みじん》もない。

それでも金之助は、

――まあ、そのうちつまらなく思えるかもしれない……。それまで相手がこっちにやってくればつき合ってやるか。

と、その程度の気分で子規との交流をはじめた。

金之助はその秀才振りと口数の少なさが周囲の若者には大人びて映っていたが、彼が大人としての寛容を心得ているかといえば、そうではなかった。むしろその逆で好きと嫌いがはっきりしていた。

子規とのつき合いは金之助の直観がそうさせた。

子規には金之助が他の書生たちとはあきらかに違うところがあるのに気付いていた。

それが何なのかを知りたくて近づいたのではなかった。元々子規は人間を詮索《せんさく》するという思考を持たなかった。

――この男なんや面白そうぞな……。

つまり子規も直観で金之助に話しかけたのである。

金之助が勘定を済ませて表に出てみると、子規は冬の空を仰ぎ見ていた。

「夏目君、寄席はやめにして本屋を見て歩かんかなもし」

「何か探している本でもあるのかね？」

金之助が尋ねると、

「ああ、ちいっとばっかし」

と子規は応えて、金之助の返答も聞かずに本郷《ほんごう》の方にむかって歩き出していた。

金之助は返答する間もなく子規のあとを歩き出した。

やがて子規が入った古本屋は普段金之助が入る帝大の学生や書生が利用する本屋とは違って、本郷界隈の旦那衆が立ち寄るような本屋であった。

洋書、翻訳書の類いはいっさい見当たらなかった。この頃の本郷界隈には帝大の学生を相手にする本屋より、むしろ町の旦那衆や好事家《こうずか》むけの本屋が軒《のき》を連ねていた。

この手の本屋は維新の前からあった。

店全体から饐《す》えた臭いがする。

——江戸の匂いだ……。

と金之助は思った。

子規は本屋の主人と何やら話をしている。こういうところに顔が利く書生はなかなかいない。

——まったく妙な奴だ。

金之助は苦笑いをした。

主人が奥に消えた。

子規は何やら嬉しそうな顔で金之助に近づいてきた。

子規は棚の中から一冊の綴《と》じ本を出して頁《ページ》をめくりはじめた。

金之助がその本の表紙に書かれた文字を覗くと〝亜聖公《あせいこう》〟とあった。金之助は〝亜聖公〟が孟子《もうし》であることくらいは知っていた。

「正岡君は孟子が好きかね」

「うん、悪うはないが、やはり孔子《こうし》の方が格段と上じゃろう」

「孔子も読むのかね」

「読むというより、さっきも言うたが観山先生に読まされたんよ」

子規はその本を棚に戻すと、別の本を出してニヤリとまた笑って、その頁の中の一節をぶつぶつと読みはじめた。

「夏目君、さっき君は漢詩を自己流と言っとったが、この李白《りはく》はええぞな」

「ああ李白なら私も好きだ」

二人がうなずき合っていると、主人が二冊の本を大事そうに手にして戻ってきた。

「これでございます」

主人は小机の上に二冊の綴じ本を置いた。

「芭蕉一派のことはこれに一番よく記されているかと思われますな」

主人は少し自慢気に言った。

金之助は本屋の主人の人相を見た。彼はこういう人に物を売りつけようとする傲慢《ごうまん》な態度をとる輩《やから》が嫌いだった。

「其角《きかく》がまとめておるようじゃね」

子規が言った。

「他のお弟子とともにやっておりますが、やはり其角が筆を執《と》らねば芭蕉は見えないのではありませんか」

「いや、あんたの言うとおりじゃ」

子規は目をかがやかせて綴じ本をめくっている。

──騙《だま》されているんじゃないのか。

金之助は思った。

「版元はどこになるのかね」

金之助が横から訊いた。

主人は目を少しばかり見開き、金之助をじっと見返して言った。

「版元はございません。これは原本でございますから」

主人がすまして言った。

「ほう、原本かな。こいはええもんが手に入ったぞな」

子規は金之助の顔を見て同調を求めるように笑った。

「それでいくらだね」

金之助がまた言った。

「二冊で十五円でございます」

──馬鹿な……。

金之助が主人の顔を呆《あき》れ顔で見た。

「そりゃ、わやな値段じゃ。のう夏目君」

子規が切なそうな顔で金之助を見た。

金之助は訊いた。

「安くはなるのかね」

「それはもうご相談でございます。こちらさまにはいつも贔屓《ひいき》にしていただいております し」

主人が子規を見た。

「それなら今回は三円で売ってやりなさい」

金之助の言葉に子規がうなずいた。

「商いのよしみはわかりますが十五円を三円というのは法外でございます」

「法外と言うが、この人もたいがいの枠にはおさまらない人だ。売っておやりなさい」

「それはできません」

「主人」

金之助が口調をかえた。

「私が見るにその本は原本にしては少し新しく思えるが……」

ウオッホン。

主人が咳払《せきばら》いをひとつした。

「何ぞなもし？」

子規が二人を見た。

「正岡君、商談は不成立だ。出よう」

「どうしたんぞな？」

金之助は子規を置いて本屋を出た。

子規もあわてて表に出た。

「夏目君、今から交渉じゃったのに……」

「正岡君、あの本屋はもう出入りをしないことだ」

「なしてかえ」

「ありゃまっとうな本屋じゃない」

「そいか？　けんど本屋にまっとうなのと、まっとうじゃないもんがおるのかの」

「そりゃいるさ。どんな商いにもまっとうなものと、そうじゃないものはある。それが世間というものだ。本を読んで調べ事をしているなら図書館に行けばいいよ。東京図書館に行けばさっきのような江戸期の本は相当に揃っているはずだ」

「けんど図書館から本を借り出すのは面倒と聞いたぞな」

「そんなことはないよ。きちんとその本を研究するためと借用願書に書けば済む。簡単なことだよ。それに図書館の本なら真贋《しんがん》がはっきりとしてるしね」

「ほうか、ならそうしよう」

「もしよかったら私が一緒に東京図書館に行くよ」

「おっ、そりゃ頼もしいぞな」

「さっきのあの本に三円もの金を出すのは馬鹿馬鹿しい」

「うん、三円は大金ぞな」

「そうだとも」

二人はうなずきながら歩いた。

子規は金之助の意見をなるほどと思った。子規にない合理性を金之助は若くして身に付けていた。

子規は常盤会寄宿舎に戻ると、その夜も遅くまで「七草集」の仕上げに懸命に筆を執った。

朝まで執筆するつもりだった。

階下から笑い声が聞こえた。

監督の服部嘉陳《はっとりよしのぶ》と寄宿生が懇談《こんだん》しているのだろう。

子規もその中に入りたいが、今は「七草集」から離れられない。

この頃、子規は自分のやりたいことがこうして筆を執り何かにむかっている行為の中にあるのではという予感がする。

松山中学時代から仲間とさまざまな文集をまとめてきたが、その時は筆を執っているだけで愉《たの》しかった。思い返してみるとその中に子規が目指すものはなかった気がする。

短歌も、俳句も作りはじめれば頭の中から泉が湧くように出てきた。でもそれはただ出まかせに湧いてきて、一首一句を並べてみると何かが足りない。

その足らないものを、この「七草集」の中で見つけなければならない。

逗留《とうりゅう》中に散策した向島《むこうじま》の須崎《すさき》村界隈の風情《ふぜい》、聞いてきた言い伝えや、土地の由来を書いたのだが、その時、あの川岸の様子を自分の目に映ったものとして書き留め文章にしてみた。

これが思っていたより新鮮だった。

漢詩も作ってみた。これまでなかったものが出ている気がした。音韻をあとでなおしていくと最初の新鮮さが失われることにも気付いた。

まとめることよりも、あるがままを写生していくことが大切なのだとわかってきた。同時に新しい分野を見つけなくてはならないと感じてきた。向島の風景を、浄瑠璃、都々逸《どどいつ》、漢文で書き留めてみても何か上手《うま》く表現できていない気がする。

――あしは小説の中に新しい分野があるのではないかと思うとる……。

子規は筆を止めて目の前の壁を見た。

――小説には自由がある。可能性がある。

子規はそんな気がしてならない。だが小説をどう書いていいのかがわからない。浄瑠璃や芝居の筋書きのように書いていくと文楽の人形の表情しかあらわれない。歌舞伎《かぶき》の紋切型《もんきりがた》の科白《せりふ》にしかならない。生きた人間の表情を、あのおろくが浅草寺《せんそうじ》で楽しげにしていた様子を書きあらわせれば、それは今までにないものになるのではないかと思う。

子規は「七草集」の中でも小説での表現に特に力を入れることにした。ところがこの小説の執筆にむかうと、書いては止まり、止まっては捨てるの連続になった。調子が上がったと書きすすめて、その章を読み返すと、それが曲亭馬琴《きよくていばきん》風になっていたり、十返舎一九《じつぺんしやいつく》の摸倣《もほう》になっている。

とうとうその夜は東の空が白みはじめるまで机にむかうことになった。

その日、子規は金之助と二人で東京図書館に行った。

上野に移転して数年の東京図書館は明治政府の面目をかけて創設されていたから蔵書数こそまだ少なかったが漢書、和書、洋書、翻訳書など価値の高い本をできうる限り収集していた。

「正岡君、何を借りるつもりですか？」

「西鶴《さいかく》を借りようと思っとるぞな」

「西鶴とは、あの井原《いはら》西鶴……」

「そうぞな」

「それはまた面白いものを読むんだね」

「ちいと勉強をしようと思うて……」

「正岡君は感心だ」

「何がぞなもし」

「今、本科の生徒の中で西鶴を読もうとしているのは正岡君一人だろう」

子規は井原西鶴の『好色一代男』『好色一代女』『好色五人女』を借りた。

図書館を出て二人は表通りを歩いた。

冬の青空がひろがっていた。

「『世間胸算用《せけんむねさんよう》』ですか。それとも『日本永代蔵《にっぽんえいたいぐら》』かね」

金之助が西鶴の作品名を口にした。

「ハッハハハ」

子規は大声で笑った。

金之助は子規の笑い顔を見て首をかしげた。

「夏目君、あしがどうして笑ったかわかるかなもし？」

「いいや」

「あしが今日借りたのは好色物ぞな」

子規の言葉を聞いて金之助は、

「ほうっ」

と言って視線を一瞬違うところにむけ、それからうなずいた。

「その顔は、あしのことを好色な男だったのかと言いたげじゃのう」

「そうは思わないが正岡君にしては意外でした」

「あしとて男子ぞな」

「勿論、わかっています」

「夏目君は女児《おなご》をどう思うぞな」

「どう思うかとはどういうことだい？」

「あしは女児を大切に思うとる」

「それは私も同じだよ」

「いつか意中の人に逢うのを待っとります」

「意中の人？」

金之助は子規を見返した。

「はい」

子規は胸元を叩いて言った。

「あしのここに、その人はおりまさい」

金之助が立ち止まった。

子規は嬉しそうにうなずいた。

「それは私の中にもいます」

「ほう、ではもう意中の人に逢ったんかな」

「…………」

金之助は少し頬《ほお》を赤らめて首を横に振りうつむいた。

そうして顔を上げて子規を見た。

「正岡君はどうなんだ」

「あしは、逢《お》うたような、逢うてないようなところじゃな」

「何だい、それは？」

「ハッハハハ」

子規は笑って歩き出した。

「夏目君、これを借りたんは、今仕上げようとしてる文集のためなんよ」

「文集？」

「ほうよ。『七草集』という題でな。秋の七草をもじって、それぞれに美文、漢文、短歌、俳句、浄瑠璃などを創作しとるんよ。中でも一番は小説じゃな」

子規が言うと金之助は少し驚いたような目をして、

「小説か」

と少し甲高い声で言った。

「ほうよ。小説よ。あしは今、小説に懸命に取り組んどるんよ」

「正岡君は小説を書くのかね」

「おう。あしが思うにこれからの新しい創作は短歌でも俳句でもないな。小説の中に新しい世界があると思とらい」

「それはどうしてだい？」

「小説には短歌や俳句のように定型の枠がない。自由じゃ。そこに新しい世界がひらける可能性があると思うとる」

「そういうものか……」

「ほうよ」

「予備門にいた山田美妙《やまだびみよう》などは書いた小説がずいぶんと評判がいいようだね」

山田美妙は大学予備門に在籍した時、石橋思案《いしばししあん》、尾崎紅葉《おざきこうよう》、丸岡九華《まるおかきゆうか》らと文学結社〝硯友社《けんゆうしや》〟を結成し、紅葉らと小説を発表していた。

「彼等の小説とは違うぞな」

「ほう、どう違うのかね」

「写生じゃ」

「写生？」

「おう。目に映るものを活き活きと書いていく。今までの日本の小説は人間の動きにしても物語の筋書きにしても皆同じじゃ。それでは生身の人間は書けん。夏目君は小説を読むんか？」

「江戸のものや講談本は以前は面白く読んだが今は読まないね。やはり古いと思う」

「あしの小説が仕上がったらぜひ読んでみてや」

「はい。読ませてもらおう」

「小説はええぞなもし」

子規は冬の空にむかって両手を突き上げた。

血を吐いた。あしは子規《ほととぎす》じゃ

常盤会《ときわかい》寄宿舎は少しずつ人数が増えて、創設期の定員三十名を越える寄宿生が松山から入舎してきた。

監督の服部嘉陳《はっとりよしのぶ》は従来の部屋割を変えて、新しく入舎した者は数名の同部屋にした。寄宿生が増えたことで新しい規律もこしらえたが、決して厳しいものではなかった。

同時に寄宿生に会報や文集を作ることを促した。

その準備のために寄宿生の中で舎監《しやかん》として選ばれた佃一予《つくだかずまさ》と横山正修《よこやままさのぶ》をこれにあたらせた。

名前を「常盤会雑誌」とし、創刊を一月とした。

彼等はすでに新聞「日本」に執筆をはじめていた子規《しき》にその概要を相談した。子規はすでに寄宿生の中で別格であった。

「ど〜れ、見せとおみ」

子規は彼等のこしらえた概要を眺めて、いくつかの助言をした。

月一回の発行となった「常盤会雑誌」ではもの足りなくなったのか、新しい雑誌も作ろうということになった。

「真砂集《まさご》」という題に決定した。

常盤会寄宿舎のぬかるんでばかりの庭とも呼べぬ長い空き地に春の草があちこち伸びはじめていた。

ぽつんと鉄棒がこしらえてあるむこうに隣家の塀越しにのぞいた桜の木が花をつけているのが見える。

――春ぞなもし……。

子規は自室の窓辺から春が訪れた本郷《ほんごう》界隈の風情に目をむけていた。

――桜か……。

俳句ができそうである。

う〜ん、子規は唸って手にしていた筆を目の前の机にむけた。

そこには書きかけの葉書が置いてあった。

——そうじゃ、夏目金之助《なつめきんのすけ》君に葉書を書いとるとこじゃった。

子規は筆を止めて文字を見た。

……小生の“Self-reliance”は如何《いかが》でありましたか。大兄の“The Death of My Brother”はまことに

まことにで止まっている。

先月、子規は金之助とともに〝第一高等中学校英語会〟の第一回私会に出席した。そこで金之助は“The Death of My Brother”を朗読し、子規は“Self-reliance”を発表した。

子規は何とか朗読を終えたが、金之助の順番になると出席した学生が皆姿勢をただし、金之助の流れるような英語の発音に聞き惚《ほ》れていた。金之助が朗読を終えるとあちこちからタメ息が聞こえた。

子規の朗読は赤面《せきめん》ものであった。だから私会が解散した後、恥かしくて金之助の顔が見られずに先に教室を出てしまった。

すると翌日、金之助から手紙が届いた。

子規は金之助のやさしいこころ遣いと下手《へた》な自分の朗読に対する恥かしさですぐに返事を出せなかった。そのかわりに今仕上げようとしている「七草集《ななくさしゅう》」の中の一節を手紙にして書き送った。

その返事も数日の内に届いた。

それでまた別の漢詩を送った。

金之助も漢詩を拙《つたな》くて見苦しいと断わりながら送り返してきた。

子規は金之助と自分の性癖に似ているところがあると思った。

その日の内に書き留めておかねばならぬことを、放っては寝られない気質《たち》なのだろう。金之助の誠実さが痛いほどわかる。

それに金之助の書簡《しょかん》は手紙にしても葉書にしても洒脱《しゃだつ》である。

松山の連中だと、こうはいかない。

戯《たわむ》れに金之助への手紙の文面を義太夫《ぎだゆう》調で出してやった。

すると返書にはこちらより義太夫調がしっかりした文面を見せられた。

この手紙を書き終えたら、明日か、明後日でも金之助に逢いに行こう。

背後で声がした。

「正岡さん、正岡さん」

「おう、どうぞ入っておいでや」

子規が返答をすると二月に入舎した書生が、失礼しますと入って来た。

「何ぞ用かなもし」

子規は机にむいたまま訊いた。

「下で句会の準備ができたと正岡さんに伝えてくるように内藤《ないとう》先生に言われました」

「おっ、そうかね。わかった。これを片付けたらすぐにうかがうと伝えておくれや」

「わかりました」

「君は名前を何と言うんぞ」

「山内《やまうち》です。山内正《ただし》です」

「ほうか、伊予《いよ》はどこの出ぞな」

「はい。正岡さんと同じです。正岡さんの母堂《ぼどう》に挨拶したこともあります」

「ほう、そいか。いつのことじゃ？」

「半年前です」

「母さまは元気でしたか」

「はい、ご健勝に見受けられました」

「そいか。山内君、君は俳句はやらんのか」

「は、はい……。松山で真似事《まねごと》はしましたがきちんとしたものではありませんので、とても句会などは……」

「真似事で結構ぞな。出んさい、句会に」

「よ、よろしいんでしょうか」

「ああ、かまんかまん」

子規はそう言ってまた机の方をむいた。

しばらくして子規はまだ背後に人がいるのに気付いた。

「すぐに行くと伝えてくれればそいでええわい」

「は、はい。あ、あの……」

「何じゃ」

「蒲団《ふとん》のところに紙が飛んどりますが、私が少し片付けましょうか」

「そのままにしといておくれや」

「は、はい。でも……」

「あしの部屋は何もかもが散らかりっ放しじゃろう。皆が〝常盤会の吹き溜り〟言うとるらしい。あしは常盤会一の〝ものぐさ太郎〟じゃけんの。ひとつを片付けはじめたらきりがなくなってしまうぞな。さてと……」

子規はそう言って立ち上がろうとした。

途端に咳《せき》がひとつ、ふたつと続いた。

咳はすぐに止んだが、喉《のど》がいがらっぽかった。

へえーん、と喉を鳴らした。

痰《たん》が少し出た。子規は足元にあった懐紙《かいし》を拾い痰を吐《は》いた。

「うん?」

子規は懐紙に吐いた痰に少し赤味があるのに気付いた。

子規は、うん、うんとさらに喉を鳴らし、もう一度痰を吐こうとしたが上手《うま》く行かなかった。唾《つば》を吐くと何ともなかった。

子規が階下に降りて行くと、皆が笑って迎えた。

十数名が集まっている。その中に一人だけ図抜けて年長の鳴雪《めいせつ》こと内藤素行《もとゆき》がかしこまって座っている。

「正岡先生、お元気ぞなもし」

鳴雪が言った。二十歳も年上の鳴雪が、自分を先生と呼ぶ。ユーモアもあろうが生真面目な鳴雪は心底口にしている。それを子規は平然と対応する。

「はい。すこぶる元気ぞな。さて今日の題目《だいもく》の一番目は、さっきここの庭を眺めると桜が三分咲きにええ姿を見せちょるので〝桜〟とします」

「おう、もう咲いとりますか」

「はい。そこの裏手にも見えます。見て来ても良し、それぞれの桜を発句しても良し」

子規の言葉にもう筆を執《と》りはじめている書生もいる。それを見て自分もと早るように筆を執る者もいる。腕を組む者、頭を掻《か》く者、目を閉じている者、苦吟《くぎん》の姿はさまざまだが、皆愉《たの》しそうにしている。

子規は参加した者に自由に創作させる。松山、三津《みつ》の大原其戎《おおはらきじゅう》のようにかしこまったり、師匠と弟子の関係を作らない。これが子規の性格の面白い一面である。

敬愛されたり、先生、親方、兄貴分として自分を持ち上げられるのは大好きなのだが、こと創作に関してはどんな相手であってもその作品、さらに創作そのものを尊重する。

この姿勢はそのまま子規の文芸に対する精神につながる。

「そいじゃのう、先達《せんだつ》の句を少し紹介しておこうかの」

子規は言って、芭蕉《ばしょう》、其角《きかく》、曾良《そら》等の桜の句を紙にさらさらと書いて車座の中央に差し出した。

それを皆が読み、感心したようにうなずく。その時、子規は一言発する。

「この句はまああよしだが、こちらの句は感心せんのう。いかにもありきたりじゃ」

その批評に皆がまたうなずく。

子規も発句する。浮かんだ数句をさらさらと書いた。早い。それから次の題目を出す。それを待っていたかのように古白《こはく》こと藤野潔《ふじのきよむ》が題目をじっと睨《にら》んだ。それを子規は笑って見ている。

古白はかわり者で、人との折り合いが上手くつけられない気質だが、子規の句会には必ず出席する。子規は古白の俳句の力を高く評価していた。そのことが古白を句会に参加させてもいる。

次の題目も出し、子規は立ち上がった。

しばらくは皆が創作する。子規の姿が消えても皆懸命に句をひねり出そうとしている。遊びのようで遊びではない。子規の句会は他の句会のように創作した作品を師匠がただ評するだけのものではなく、それぞれの題目の句を幹事がひとつの紙に無記名で書き出し、その句を皆で点数をつけて投票し、句の順位を決める。だから皆真剣なのである。

この句会のやり方は江戸末期に町衆の間で行なわれたが、子規のようにそれをきちんと平等に投票させるやり方は当時としては画期的だった。ここにも子規の性分がよく出ている。

子規は人なり、作品なりを評価、ランク付けするのを人一倍好んだ。

子規は廊下に出ると食堂に行き、賄《まかな》いの女性に告げた。

「饅頭《まんじゆう》を十五ばかり頼まれてくれんかの。まだ昼前じゃけえ、××屋に行けば桜餅《さくらもち》もあるかもしれん」

「はい。桜餅があればどういたしましょうか」

「あれば、そっちも同じ数だけ頼むぞな」

賄いの女性が手を差し出した。

「××屋ならツケてもろてや。常盤会の正岡と言えば済まい」

「はい」

駆け出している女性に子規が言った。

「できたてをお願いしますと主人に言うのを忘れてはいかんぞな」

「は〜い」

と尾を引くような返答がした。

子規の金銭感覚は、この頃はまだきわめておおらかである。この菓子代とて他に支払う者がいなければ自分のツケとなり、月末には饅頭屋が金を取りにくる。

子規が金銭をきちんと考えはじめたのは母の八重《やえ》と妹の律《りつ》が上京して一緒に暮らしはじめてからだ。しかしそれとて大雑把《おおざっぱ》きわまりなかった。これだけの収入があれば三人は暮らしていける。それが子規で、支出についてはとんと考えられなかった。

句会は二時間程で終了した。

子規は部屋に戻り、「七草集」の執筆にかかった。

庭先でキャッチボールをする書生の声がした。

その声を聞くと身体の中がむずむずとしてくるが筆を置けない。

上京したばかりの頃と今の子規は少しかわりはじめていた。しかし、いったん筆を執ると時間を忘れて夜遅くまで、興が乗ると夜明け方まで創作を続けてしまう生活は相変らずそのままであった。

それで睡眠不足のまま学校へ行き、誘いがあればべーすぼーるにも加わる。

まさに寝る間も惜しんで疾走している。

この春、子規は俳句においてひとつの発見をしている。

それは芭蕉の句を読んでいた時だった。

――そうか、これは寂しい感じがするのは、まさに芭蕉が寂しかったけんじゃろうて……。

しかしその句には寂しいの一言も詠まれていない。それでも芭蕉の寂しさは伝わってくる。

もう一句を読むと、これは一茶《いっさ》である。いかにも楽しそうに思えるが、楽しいという言葉は一言もない。

――そいか、寂しいことを寂しいと言わずして、その心境を詠《うた》うことじゃ。楽しい気持ちを楽しいという言葉を使わんで楽しさを出すことじゃ。

どうやら俳句にはそれが必要らしいと子規は思った。

四月上旬になり、子規は芭蕉の吟行《ぎんこう》の心境を知りたくて水戸《みと》へ旅に出ることにした。

一緒に常盤会寄宿舎の吉田匡《よしだただし》が行くことになった。

吉田は子規より五歳下で、常盤会の句会の初期からのメンバーである。句は玉のようにあでやかなものを創作する。常盤会の寄宿生の中では珍しく東京の言葉を話せる。頭が良いのだろう。べーすぼーるをやらせても常盤会の中では一、二の腕を持っていた。子規は小柄だった吉田のことを美少年と評している。

水戸には子規の友人がいた。子規は上京してからこれまで徒歩の旅はしていなかった。せいぜい王子《おうじ》、小金井《こがねい》、戸塚《とつか》までが限度だった。その理由は子規が幼少の頃から身体が病弱で、母の八重から無理に身体を使うことをしないように強く言われていたからだ。

四月三日の早朝に常盤会寄宿舎のある本郷真砂町《まさごちょう》を出て、上野から千住《せんじゅ》に行き、そこから水戸街道を北にむかった。藤代《ふじしろ》で一泊し、翌朝、雨の中を牛久《うしく》、土浦《つちうら》、筑波山《つくばさん》を眺めて進み石岡《いしおか》へ、三日目に水戸、四日目には大洗《おおあらい》から上町《うわまち》、大雨のなか汽車に乗って五日目の四月七日に上野に着いている。

汽車も利用したが、この旅の大半を子規は徒歩でやり遂げている。明治以前、旅は自らの足で遂行するしかない。ともかく日本人は歩いたのである。それしか人が目的地に辿《たど》り着く術《すべ》はなかった。東京へ出てからの子規は驚くほど歩いている。子規に限らず明治の人は歩いたのである。それが旅というものであった。

その旅する若者の中においても子規はよくよく歩いた。その健脚ぶりは驚くべきものだった。子規の紀行文はそういう旅から生まれたので、その描写がすこぶる印象的である。

この旅は半年後に「水戸紀行」と題されてまとめられている。

紀行文は十返舎一九《じっぺんしゃいっく》の滑稽本《こっけいぼん》『東海道中膝栗毛《ひざくりげ》』の弥次《やじ》さん、喜多《きた》さんを子規は吉田と二人で捩《もじ》って、出逢った子供や宿の女中との諍《いさか》いを入れてまとめている。

貧乏学生に見えたのか、宿では二度ばかり暗い行灯《あんどん》部屋に案内された。

水戸から戻って子規は「七草集」の執筆に専念した。

最後の章に入っていた。あとわずかで完成する。それが子規のこころをせきたてた。

四月が終ろうとする時になると子規はほとんど睡眠なしで「七草集」にむき合った。

時折、次の常盤会寄宿舎の監督になる内藤鳴雪が部屋に子規の様子を見に来た。

現監督の服部嘉陳は健康がすぐれず松山に帰ることになっていた。

鳴雪は机にうつぶせて寝ている子規の身体をかかえ蒲団に寝かせ、夜半、そこだけ窓に灯《ひ》が見えると子規の部屋を覗き、執筆に耽《ふ》けっていると、

「ノボさん、あまり根を詰めてはいかんぞなもし。夕飯は摂《と》ったんか」

と声をかけ、賄婦に握り飯を握らせ部屋に持って行かせた。

鳴雪は子規が今懸命に打ちこんでいるものが何であるかはわからなかったが、子規がこの常盤会寄宿生を代表する、いや旧松山藩の元士族の代表となる逸材であることは十分にわかっていた。

寄宿生の中でこれほど心身をひとつのものに打ちこむ者は他にいなかった。

親と子ほど年齢差はあっても鳴雪は子規を尊敬していた。松山藩には志し高く、功なり名を遂げる人物に対して、その身分の差、ましてや年齢の差などを越えて支援する気質があった。

四月三十日の夜、正確には五月一日の夜明けに「七草集」を子規は脱稿し、完結にいたった。

「ようやっとでけた……」

子規は机の上に糸綴《いとと》じをし終えた文集を置き、声を上げた。

「いや、ようやっとじゃ……。でけたぞ」

子規は大きな声でもう一度叫んだ。

発案から二年、いやそれ以前からこのかたちを完成させたいと思っていた。

この中には子規が幼少の頃から観山《かんざん》について学んだもの、松山の小・中学校で勉強してきたもの、聴いた演説、見物した義太夫、浄瑠璃……、そして上京して以来、見聞、感受したもののすべてがこめられていた。

子規は「七草集」の題字を見ながら荒い息をしていた。十日余り、満足に睡眠もとっていなかった。身体は憔悴《しょうすい》している。

しかし子規の口から出た言葉は違った。

「これを最初に誰に見せたものかの」

子規の頭の中に夏目金之助のあの顔が浮かんだ。

「そうじゃのう。夏目君ならこれがわかるじゃろう」

それから数日、子規は「七草集」の清書やら、手直しをした。

金之助にそろそろ連絡を取ってもよかろうと思っていた五月九日の夜、子規は部屋の中で本を読んでいた。

鼻がむずがゆかった。咳がひとつ出た。

ウッ、と喉のあたりがふくらんだかと思うと口の中から鮮血が出た。すぐに口をおさえた。子規は掌《てのひら》の中を見た。真っ赤な血である。去年、鎌倉宮を夏の嵐の中で散策した日以来だった。その時はそれきりであった。

——鼻血か、咽喉《のど》が裂《さ》けたのじゃろう。

血はそれっきりおさまった。

翌朝、身体がだるくて起き上がれなかった。学校に出るのには遅くなっていた。このところの無理がたたったのだろうと思った。寄宿舎にいる者を呼んで血を吐いたことを告げた。

「ノボさん、それは医者に行って診《み》てもらった方がええぞな」

子規は彼の言葉に従い、医師の所に行った。診察してもらうと、

「肺《はい》を患《わずら》っています。今日はおそらくこれから熱が出るから家に戻って静養しなさい」

と言われた。

子規は午後からどうしても出席しなくてはならない集会があった。よろよろとしながら本郷から九段坂《くだんざか》まで行き集会に出て寄宿舎に戻った。疲れていた。食欲もなかった。部屋に戻り、横になった。医者の言ったとおり熱も出はじめたので手桶《ておけ》に水を入れてもらい手拭《てぬぐ》いを浸《ひた》して絞り、額《ひたい》にあてていた。

夜の十一時になった頃、鳩尾《みぞおち》のあたりが熱くなり、吐き気がしたかと思うと喉の奥から突き上げるように血があふれ出した。

すぐに手桶の中に顔を埋《うず》めた。

ウェッ、ウェッと鶏《にわとり》でも鳴くように奇声が出て、その度に大量の血が出た。

薄闇《うすやみ》の中で桶の中の黒い血に指先でふれた。

ようやく喀血《かっけつ》がおさまり、子規はごろりとあおむけになった。

――なんじゃ、あの血の量は……。どうなっとるんじゃ。鼻血や咽喉の血ではあるまい。


するとまた吐き気が襲った。

また大量の血を吐いた。

さすがに子規は狼狽《ろうばい》した。それでも喀血がおさまると立ち上がって部屋を出て勝田《しょうだ》主計《かずえ》の部屋の戸を叩き、目をこすりながら出てきた主計に、

「済まんが手桶に水を汲んで持ってきてくれんかのう」

ゼイゼイと苦しそうに話す子規に主計は部屋の机の上のランプを点《つ》けて子規の顔を照らした。

主計の顔色がかわった。

子規の顔は額から頬《ほお》、顎《あご》、耳元にまで血がべっとりとついていた。

主計は子規をかかえ部屋に連れ戻すと、数人の寄宿生を起こして湯を沸かすように命じ、桶の水と手拭いを準備させて子規のそばについた。

その夜、喀血がもう一度あった。

子規の部屋にはすでに血の臭いがたちこめていた。

翌朝、常盤会寄宿舎に医者が呼ばれ、子規を診察した。やはり肺を患っていると言った。

この当時、静養することが一番だと言って引き上げた。

喀血に対する医師の手当ては静養させることと栄養をつけさせることしかなかった。

少しずつ喀血の量はおさまった。

子規が喀血したことはたちまち寄宿生、松山出身の書生、そして第一高等中学校の級友たちに知れ渡ることとなった。

夏目金之助は子規が病いに伏したと聞いて驚いた。

「で、病気は何だね？」

「大量の血を吐いた、大喀血だったらしい」

「喀血の原因は？」

「そこまではわからぬ」

金之助はすぐに友人たちを連れて子規を見舞った。

喀血から四日後の五月十三日のことだった。

心配そうに部屋に入った金之助は仰臥《ぎようが》する子規を見た。子規は金之助が来たことを報されていたから金之助の顔を見た途端、白い歯を見せて言った。

「夏目君、あしは時鳥《ほととぎす》になってしもうたぞな。それもいきなり、ここに飛び込んできたぞな」

と胸元を指して言った。

「正岡君、大丈夫か」

金之助はようやく声を発した。

「な〜に、もうすぐ起きれるじゃろう」

「いや、無理をしてはいけない。肺の病いには静養が一番だ。滋養をつけてゆっくりと治すことだ」

「ありがとう。夏目君、君に見せたい句があるんじゃ。主計、それを取ってくれんか」

子規は主計に枕元の紙を取らせ、それを金之助に差し出した。

そこには病床でこしらえたのか二句が綴《つづ》ってあった。

卯《う》の花をめがけてきたか時鳥《ほととぎす》

卯の花の散るまで鳴くか子規《ほととぎす》

金之助は無表情にそれを読んで、子規を見返すと、

「どこの医者にかかっているのかね」

と訊いた。

「夏目君、心配はいらんぞなもし。子規《ほととぎす》はもう元気じゃ」

「君の気持ちは元気でも身体がそうじゃないんだ。まず静養だよ」

子規は金之助の言葉に二度、三度うなずいて目を閉じた。そうして目を閉じたまま言った。

「夏目君、あしは今日より子規《しき》と名乗ることを決めたぞな」

金之助はちいさくタメ息をついた。

しばらく沈黙が続いたが、子規が、突然、目を開けて言った。

「そうじゃ、夏目君に読んで欲しいものがあるんじゃ」

子規は主計に机の隅にあった丁寧に布で包んだものを持ってこさせ、それを金之助に渡した。

「いつか話をした『七草集』がようやっと完成した。それをぜひ読んでもろうて評していただきたい」

「わかりました。読ませてもらいましょう」

金之助は退室し、その足で医師、山崎元修《やまざきげんしゅう》を訪ね、子規の病状とその治療法を尋ねた。

金之助は帰宅すると医師から聞いた話と、今日部屋で見た子規の必要以上に元気を装《よそお》う態度をやめるようにと書いた手紙を一気にしたため投函《とうかん》した。

子規は翌日、それを受け取り、何度も読み返した。

すでに級友の中だけではなく一高全体から秀才と評判の青年、金之助は周囲の目から見ると血気盛んな若者という印象より、むしろ沈着冷静でとっつきにくいという評が多かったし、実際、金之助は仲間と徒党を組むというのを好まなかった。

趣味のひとつであった寄席《よせ》通いにしても、仲間と皆で出かけることはほとんどなかった。

もっとも生家のあった牛込《うしごめ》の肴町《さかなまち》の寄席小屋、和良店《わらだな》（藁店《わらだな》）には少年時代から一人で出かけていたほどだから、寄席の愉《たの》しみ方を体得していたのだろう。

同じ寄席好きの同級生の一人がすでに世間に知られていた山田美妙《やまだびみよう》たちの結社、硯友社《けんゆうしや》に金之助を誘った時、彼はその同級生が寄席で芸人を大声を出してからかったのを見ていて、そういう態度で寄席を見物する輩《やから》と席を同じくしたくない、とはっきり断わったという逸話がある。

金之助は他人に対して人一倍厳しい目で相手を見る性癖があった。当時の金之助の行動を見てみても、特別、人の面倒をよくみることはほとんどなかった。それが子規のことに関しては違っていた。躊躇《ちゆうちよ》なく子規の病いを心配し、当時、進歩派と呼ばれた医師の許に行き、その療養法を尋ね、帰宅してすぐに子規に手紙をしたためているのだから、よほどのことである。

その理由のひとつに生家にいた金之助の兄が同様に喀血をしたことがあると言われるが、それだけが理由ではなかろう。

一高で一番の秀才が、勉強嫌いで何かにつけて大袈裟《おおげさ》に物事を断じる松山の田舎出身の若者にこれほどこころを傾けたのはやはり奇異なことと言える。

友との情が深まるのは不思議な力が宿るためで、そこに特別な理由などはないと言われるが、子規と金之助の友情はまことに運命的なものがある。

子規は子規で足掛け二年を費やした「七草集」を大勢いる級友の中から、最初に金之助に見せ、その評を問うている。「七草集」はさらりと一読できる内容ではない。漢詩、漢文、短歌、俳句、謡曲、浄瑠璃《じようるり》、小説とあらゆるジャンルのものがつづられている。

言わば子規の十五、六年、松山時代から学んできたものの集大成と言っていい。それを知己となり半年も経たない金之助に託したのだから子規の金之助に対する信頼も並大抵のものではなかった。

〝託する〟という行為は、己のすべてを相手の人格に依《よ》る行為である。子規は金之助の人となりを知り、それにかなう人物だと判断したのだろう。

〝子規〟という雅号を自身が己の名前としたのは五月九日の喀血を機にしてである。血を吐《は》いたことを時鳥《ほととぎす》、すなわちこの鳥の別称〝子規《ほととぎす》〟とした。

子規は松山時代から多くの雅号を自分のためにこしらえている。丈鬼《じようき》、獺祭魚夫《だつさいぎよふ》、野暮流《のぼる》、沐猴冠者《もつこうかじや》、莞爾生《かんじせい》、迂歌連達摩《うかれだるま》、馬骨生《ばこつせい》、真棹家《まさおか》、浮世夢之助《うきよゆめのすけ》、野球《のぼーる》などがある。

子規は生涯で百ほどの別名を考案し、これらを喜んで使った。

前出の雅号に入れなかったものに〝漱石《そうせき》〟がある。

明治二十三年に書かれた子規の「筆まかせ」の中に、〝漱石〟という雅号をこしらえて、これを使おうとしたのは、子規が自分の中に高慢なものがあり、それをいましめるために雅号とした、とある。

〝漱石〟とは『晋書《しんじょ》』から出典した〝漱石枕流《ちんりゅう》〟から来たもので、本来は〝石に枕し、流れに漱《くちすす》がん〟という謙虚な暮らし、さまざまなことに耐えながら物事を学ぶ姿勢をいう言葉だが、或る時、西晋《せいしん》の孫楚《そんそ》という人物がこれを〝石に漱ぎ流れに枕す〟と間違えて言った。それを注意されると、「いや、石に口を漱《すす》ぐのは歯を磨くためで、流れに枕するのは耳を洗うためだ」と主張して自分の誤ちを認めようとしなかった。

この故事から、自分の失敗を認めず、屁理屈ばかりを並べて言い逃がれする、負け惜しみの強い高慢な態度、人を意味するようになった。

子規が己の高慢な性格に対してのいましめで〝漱石〟を自分の名前のひとつにしようとしたのと同様に、金之助も自分の頑固《がんこ》で偏屈《へんくつ》な性格に一番合った名前と考えたことが面白い。

子規は「筆まかせ」の中で、〝漱石〟という名前は今、友人の仮の名前になっていると記している。それは金之助の「七草集」の評の中で初めて使われたからだ。

金之助は病床の子規から渡された「七草集」を読むのに十日ばかりかかっている。

金之助の優秀な頭脳であっても読み終えるのには時間がかかる。「七草集」は表題のとおり秋の七草の七部構成になっていて、それぞれに子規の全精力が注がれていた。

金之助は読後、「七草集」に評をつけて、真砂町《まさごちょう》の常盤会《ときわかい》寄宿舎に子規の見舞いに行き、これを渡した。

「どうだね、具合の方はその後……」

金之助が言うと子規は笑ってうなずき、

「もうすっかり元気ぞなもし」

と胸元を叩いた。

それを見て金之助は、

「この病いはともかく静かに休んでおくことが肝心だよ。自分では元気になったつもりでも身体はまだ快復していないことが多いそうだ。今少しゆっくり静養してくれ」

と医者のようなことを言った。

「夏目君の兄上も同じ病ぞなもし」

子規は金之助からの手紙の最後に彼の兄も喀血したことが書いてあったのを思い出して言った。

「そう。もっとも兄の場合は少し遊び過ぎて不摂生がたたったんだ」

金之助はそう言いながら喀血した兄が大の芝居好きでほとんどを芝居小屋で遊んでいたのを思い出し、休む間もなく寄席、芝居、ベーすぼーる、そして文集作りに励んでいた子規を思い、

「ともかく静養が一番の薬だ」

と強い口調で言った。

子規は素直にうなずいた。しかし急に大声で、

「『七草集』はどがいじゃったかのう」

と身を乗り出してきた。

「一読三嘆でした」

金之助が言った。

その言葉を聞いて子規は目をかがやかせた。

「どこが気に入られたぞな」

「ここがどうであると私にはこれを評する力がない。すべて感嘆しました。その気持

ちを恥ずかしながら七言絶句にこめてみたが、とてもではないが君が読むにはたえない真似事です。どうか子供の手習いとして読んでもらいたい」

「ほうかや。ならば有難く拝見します。ところで前の書簡にあった夏目君の俳句、なかなかで感心したぞな」

そこに書かれた二句はおそらく金之助が生まれて初めてこしらえた俳句であろうと思われた。この手紙以降、金之助は子規を俳句の先生と呼んで己の句の評を乞《こ》うことになる。

「そういうふうに言わないでくれ」

金之助は顔を赤らめた。

二人っきりだったので、金之助は子規の写生文についての話をゆっくりと聞いた。

子規は去年の夏、向島《むこうじま》に行き、そこであの界隈を散策し、目に映ったものをそのまま書き留めるようにすると、決りきった慣用句で美文を仕上げるより、情景そのままが浮かび上がってくるようだ、と評した。

「雨がしきりと降る日に渡し舟に乗ったのじゃがえらい美しゅうて水墨画の中におるようじゃった」

子規はなつかしむように金之助に話した。

「長命寺《ちょうめいじ》には行かれたかの？」

「いや、あの辺りは桜の季節が舞台のようになると聞いている」

「長命寺には美味《うま》い桜餅《さくらもち》を食べさせる店がある」

「ああ、それは知ってるよ。よほど美味《おい》しかったのかい？」

「おう。なかなか甘《あも》うて……」

子規は何か思い入れがあるようにうなずいた。

金之助は思ったより長居をしてしまい、それを詫《わ》びて子規の許を引き上げた。

金之助が部屋を退出してほどなく、子規はさっそく「七草集」を手にとり、同じ紙包みの中に入っていた金之助の手紙を読みはじめた。

なかなかよくできた七言絶句であった。

一首一首を読んでいくうちに、月香楼、長命寺の文字を見つけ、金之助が「七草集」を丹念に読んでくれているのに頭が下がった。

八首目から九首目を読んで子規の手紙を持つ手が震え出した。

長命寺中餅をひさぐ家　壚《ろ》に当たる少女美しきこと花の如し　芳姿《ほうし》一段憐れむ可《べ》き処《ところ》　別後君を思うて紅涙《こうるい》加わる

——さすがに夏目君じゃ。あの文集の中であしが一番力を入れた思いが何かわかってくれとる。

子規はおろくへの想いをいくつかの箇所にさり気なく入れておいた。

それを金之助は即座に察知していた。九首を読み終えて、子規は文末に目を止めた。

そこに〝辱知《じよくち》　漱石妄批〟とあった。

子規は金之助が〝漱石〟を使ったことを大変に満足した。

子規が喀血したことは常盤会寄宿舎を訪ねてくる松山の人たちの知るところとなった。

子規は松山の母、八重が心配すると思ってすぐに手紙を出した。

『しかるべき医者に診《み》てもらったところすぐに快復するので心配はご無用』

それでも母、八重から、どのような具合いかを詳しく報せて欲しいと返書が届いた。

子規はいかにも医者の診断に従ったかのように、十日余りの静養を言われ、それを守って治療に専念し、結果として再発の心配はないと言われたと返書を送った。

八重はそれを信じた。

六月に入り、第一高等中学校では各教科の試験がはじまる。

子規は一度予備門の折に落第しているから金之助に葉書を出して数学、物理などの試験の日と内容を尋ねた。子規は皆のすすめもあり、静養につとめていたので、この三週間、登校していなかった。

すぐに金之助から返事がきた。数学の試験日は月曜日ではなく、火曜日である旨、物理の試験に関しては級友たちがしっかりと勉強し待ちかまえていて子規にそれを教えるから心配無用。試験の宿題のテーマ、また別の試験の問題は四十題になるらしいからこれも内容を調べておくので、君は快気にむかうように静養して欲しいとつづられてあった。

金之助の子規に対する友情は並々ならぬものがあった。

そのお蔭《かげ》で子規は学年試験を何とかクリアーして、この夏、同郷の勝田主計《しょうだかずえ》に付き添われて故郷、松山に帰省した。

子規が夏の休みで松山に帰省するという噂はたちどころに松山の士族の子供たちに

ひろがった。

子規はその評判を知ってか知らぬか、生まれて初めて経験した大喀血《だいかっけつ》を母、八重が心配することだけを気がかりに帰省した。

子規は八重の前ではつとめて元気に振る舞った。元気に笑う子規を見て八重は安堵した。

今年、再婚した妹、律《りつ》も嫁ぎ先から兄の具合を心配して家に戻ってきた。

「たいしたことじゃないぞな。ほれこのとおりじゃ」

子規は八重と律にそう言って、毎日、市中を歩いた。

「ノボさん、ようお帰りで」

近所の顔馴染《かおなじ》みの人々が声をかける。

「ノボさん、いつまで松山にはおるんかの。あしらは先に上京しようかと思うとる」

常盤会寄宿舎にいて先に帰省していた連中が挨拶する。

子規は話し方ひとつにしてもどこか東京の言葉の気配を漂《ただよ》わせた。それを耳にした松山の子供たちはさらに畏敬《いけい》の念を込めた目で子規を見つめた。

そんな折、子規は一人の若者に出逢う。

子規からすれば、その夏に出逢った大勢の若者の中の一人に過ぎなかったが、若者にとって子規は生涯の友となる。

友と書いたが若者にとっては師であったかもしれない。

河東秉五郎《かわひがしへいごろう》、後の碧梧桐《へきごとう》である。

碧梧桐は旧松山藩で朱子学派の漢学者であった竹村坤《たけむらこん》の五男として誕生し、子規より六歳年少である。

幼少の時から父に四書五経を学んでいる。この点は子規の幼少時代と似ている。

今日、子規が日本人に、その実直な性格から、『俳諧大要』を編纂し、人々が俳句を文学と認めるに至らしめた功労者と呼ばれるようになった要因のひとつに、この碧梧桐の子規に対する並々ならぬ敬愛があり、子規の生涯をつぶさに見てきた彼が書き残した名著『子規の回想』によるところが大きい。

碧梧桐は子規を無条件、無償で敬愛した。

子規を敬愛する人は何人もいたが、全人格をいとおしく思い続けたという点では夏目金之助と碧梧桐が突出している。

碧梧桐と漱石の共通点は二人とも繊細な内面性で子規を見つめていることだ。

そのあらわれのひとつが、子規（当時は正岡升《のぼる》、ノボさんだが）を初めて見た時の碧梧桐の印象を綴《つづ》ったものだ。

ノボさんは碧梧桐の家に兄の稽《けい》を訪ねてやってきた。兄は不在だった。

その人を彼は一目見て、これが正岡のノボさんなのだとわかる。

「秉坊《へいぼう》（碧梧桐）、正岡さんにおじぎおしよ……」

と親に挨拶するように言われる。


横に切れた眼が私を射った。への字なりに曲った口もいかつい威厳を示していた。私を射った眼が大きくくりくり左右に動いた。


まことによく子規の特徴をとらえている。

碧梧桐がまだ数えで七歳か、八歳の時に抱いた印象である。

子規はすでに松山中学校の生徒であり、上京することを夢見ていた頃だ。

この子規の目を碧梧桐はのちに病床の子規の目として何度も見つめ、しげく見舞い、看病を続けることになる。

碧梧桐が子規を生涯の師とするきっかけになったのは、この夏だった。

「ええか秉五郎、正岡のノボさんが帰ってきたら、今、東京で流行《はや》っとるべーすぼーるという面白い遊びを教えてもらいや。ノボさんにはあしからバットとボールを預けとったけんの」

東京から戻ってきたばかりの三兄の鍛《きたう》が言った。

「べーすぼーるをか？」

「そうじゃ。ノボさんは東京でもべーすぼーるの名手ぞなもし」

「ほう、そうかの」

そのノボさんが松山に帰ってきたという噂が秉五郎にもすぐに伝わった。

だが生来の内気な性格が彼に正岡の家まで出むかせる勇気を呼び起こさせない。

それでも秉五郎はノボさんに逢いたかった。

松山の三津《みつ》にいる俳人、大原其戎《おおはらきじゆう》が主宰する俳誌「真砂《まさご》の志良辺《しらべ》」にノボさんの俳句を見つけたからである。

松山のみならず、四国の俳壇でも有名な大原其戎の俳誌に投稿した句が掲載されることは名誉であった。しかもノボさんはあまたいる大人たちの中でただ一人東京から投稿し、しかも一番若い人であった。

この頃、秉五郎は父から教わった漢籍で養っていた漢詩を離れ、俳句を詠むことに興味を引かれていた。

当時まだ俳句は大人の遊びで、若い子規が作品を投稿していたことに秉五郎は感激していた。

——べーすぼーるは別として、せめて俳句の話だけでも聞くことができたら……。

意を決して秉五郎は湊町《みなとまち》にある正岡の家を訪問した。

「ごめんください」

表で声を上げるとあらわれたのは若い女だった。

「はい。どちらさんで？」

「千舟町《ちふねまち》の竹村です。竹村鍛の弟の秉五郎と言います。ノボさんはおられますやろか」

「はあ、兄はすぐに帰ってきよります」

その返答で相手がノボさんの妹だとわかった。

「じゃ待たせてもろうてかまわんじゃろか」

「はい。今、お茶をお持ちします」

「ああ、かまわんで下さい」

女が奥に消えると茶を持ってきたのは正岡の母堂だった。

「竹村の坤さんの息子さんで……」

「はい。五男の秉五郎です」

「父上には、父の観山の所で何度かお逢いしました。父上はお元気ですやろか」

「はい。元気にしとります」

「たしかお兄さんが何度かノボルに逢いに来られたわね。お兄さんも元気ですか」

「はい。鍛兄も元気にしとります。今日はその兄の言いつけでノボさんを訪ねるように言われました」

「そうでしたか。ノボルは戻ってからも何や毎日忙しゅうして、少しも家におりません。先刻、すぐに帰ると言うて出ましたが、いつになることやら」

「はあ……、でも待たせてもらいます」

「そうですか。なんなら戻ったら報せにやりましょうか」

「いや、あしの方からの頼み事でまいりましたから待たせてもらいます」

「そうですか……。じゃ上がってお待ち下さい」

「いや、ここで結構です」

「じゃ律を迎えに行かせましょう」

「いや、大丈夫です」

そんなやりとりをしていると東の方から女の声がした。

「あれ、ノボさんが戻ってきやした」

その声に秉五郎は緊張した。

表に出て通りを見ると、一人の書生風の袴《はかま》姿の男が大股でこちらにむかって歩いてくるのが見えた。

あの切れ長の目は正岡のノボさんである。

ノボさんも秉五郎に気付いて、首を突き出すようにして、誰ぞ、あしの家の前に立っておるのは、という顔をした。

秉五郎はすぐに最敬礼をした。それを見てノボさんもぺこりと頭を下げた。

裏木戸から出たのか、先刻の妹がノボさんに駆け寄って何事かを話していた。

途端にノボさんが白い歯を見せた。

「よう、あんたが鍛さんの弟ぞな。待っとったよ。待っとった。ベーすぼーるじゃろう。鍛さんからバットとボールを預かっておるがな」

「は、はい。秉五郎です。初めまして、いや、あしはまだ子供の時、ノボさんにお逢いしとります。木入れの時でした」

「そうやったかな。あんたはたしかに鍛さんの弟ぞな。その立派な鼻を見ればわかるぞな」

「は、はあ」

「ちょっと待っとってくれ。すぐにバットとボールを持ってくるけん」

そう言ってノボさんは秉五郎の肩を軽く叩いた。

――やさしそうな人だ……。

と秉五郎は思った。

すぐにノボさんは木製のバットとボールを手にしてあらわれた。

「ほれ、そこの練兵場の原っぱへ行こう」

ノボさんは言ってどんどん先に歩き出した。

秉五郎はあわててあとを追いかけた。

二人の背中に妹の声がした。

「ノボさん、夕方に大原の叔父さんが見えますけん、それまでに帰ってきて下さい」

「わかっちょるて……。女児《おなご》はやかましいもんじゃのう」

ノボさんが振りむいて笑った。

秉五郎もつられて笑い返した。

彼にはノボさんがひどく大人に見えた。

練兵場の脇の原っぱに着くと、そこで遊んでいた学生やら子供が秉五郎とノボさんを見ていた。学生の中にはノボさんを知っている者もいるらしく遠巻きにして見ていた。

秉五郎は少し得意気に思った。

「まずべーすぼーるの基本を教えとこうわい。これがボールじゃ。なかなか高価なもんぞ。これくらいの芯の回りを太い糸でぐるぐると巻き上げて、ほれこの表面は牛の革じゃ。これを縫いつけてある。このボールを投げて、ほれ、このバットで打つ。投げる者を投げ手。ピッチャーと本場アメリカでは呼ぶ」

——投げ手、ピッチャー……。

「バットで打つ者を打ち手、バッターと呼ぶ。どこかしこにでも打っていいもんじゃないぞ。ほれこれを……」

と言ってノボさんは地面に菱形を指で描いて、ひとつの点から延びたふたつの線をさらに延長して描いた。

「これの内側に打つことが決りじゃ。内側にボールが飛べば有効。外側ならやり直し。打ち手はボールを打ったらすぐにこの一基にむかって走る。ここが一基、ここが二基、これが三基じゃ。そうしてここが本基。この本基がすべての出発点になる」

秉五郎は何やら物理学の講義を聞いているような気分だった。しかしそれは奇妙な快感を持って秉五郎の耳から身体の中に入ってきた。

ノボさんの話す言葉も伊予弁とは違って、どこか東京の匂いがした。

「試合は九人と九人で対決する。ベーすぼーるは言わば合戦のようなもんぞな」

「合戦ですか？」

「そうじゃ、昔の戦さと同じじゃ。攻める者と守る者に分れて試合は進行して行くんじゃ。攻める時は一気呵成《かせい》に相手の投げ手を倒すんじゃ。守る時は堅固に相手につけ入る隙を見せんことじゃ。それがベーすぼーるで勝つ秘訣じゃ。他にもいろいろ戦法はあるが、まずは基本を身体で覚えることが肝心じゃ。さあ、少し練習をしよう」

秉五郎はノボさんのベーすぼーるの説明を聞いて、これまで知っていたどの遊びよりも面白そうに思った。

――鍛兄やんが面白いと言うとったが、どうやら本当らしい……。

秉五郎はボールを手に少し離れた場所にむかうノボさんの背中を見ていた。

楽しかったのはそこまでであった。

「秉五郎君、ベーすぼーるをするのに大事なことは大きな声を出すことぞ。あしがこれから、〝さあ行くぞ〟と声をかけたら君は〝さあ来い〟と元気な声を出せ」

ノボさんは十メートルばかり離れた場所でボールを手にした左手を空にかざし、その腕をぐるぐると回して、

「さあ行くぞ」

と大声を出した。

それを黙って秉五郎が見ていると、

「どうした？　声を出さんと」

――あっ忘れていた。

「さあ来い」

秉五郎が言うとノボさんが言った。

「声がちいさいぞな。もっと元気に。さあ行くぞ」

「さあ来い」

「まんだちいさい。もっと大声で」

「さあ来い」

「そうじゃ。ほれ」

ノボさんがボールを投げた。

秉五郎はそのボールに飛んできた蝶でもつかむように手を伸ばした。

——痛い。

声にこそ出さなかったが秉五郎はべーすぼーるのボールがこんなに石のように硬いとは思わなかった。

秉五郎は歯を喰いしばって草叢《くさむら》の中のボールを拾ってノボさんに返しに行こうとした。

「違うぞな。君もボールを投げるんじゃ」

——えっ、あしもですか。

言われて投げようとしたがボールから指の離し処《どころ》がわからず秉五郎の投げたボールは目の前の草叢に落ちた。

「そうか、ボールを投げるのも初めてじゃったな。遠くにボールを投げる時は斜め上方にむかって投げ出す。近くの時はもう少し低い角度じゃ」

言われて試すのだが何度投げてもあらぬ方角にボールはむかってしまう。

「どれどれ、まずはボールの握り方じゃ。こうやって指だけで握らんと。それから手首をこういうふうに柔かくする」

ノボさんの手の中でボールが生きもののように揺れている。

「手首は旗を振るような感じじゃのう」

習ったとおりにやってみると少しずつ要領がわかってきた。

それでもノボさんのボールを受けると掌の芯までが痛くてしかたがない。

でもそれを顔には出さず秉五郎は元気そうに声を上げた。その声を聞くとノボさんは満足そうにうなずいて白い歯を見せる。

次にボールの受け方を教わった。

「高く飛んだボールは下からよく落下地点を予測して、そこへ走って、こう腰を落して構えて腕を出して捕る」

言われてやってみたがボールに飛びつきすぎて落球してしまう。

低いボールは目線を下げて腰を落すのだが、股の間を抜けてしまう。

「秉五郎君、高いボールは飛びつくようにしないでボールが落ちてくるのを受けるんじゃ。そう、そうじゃ」

秉五郎は上手《うま》く行くと手を叩いて嬉しそうに笑うノボさんを見て、懸命にベーすぼーるの教習を受け続けた。

秉五郎が思い切って投げたボールがノボさんの二メートルも左に飛んで行き、それを横っ飛びに片手で捕球したのを見てびっくりしてしまった。

——なんて上手いんじゃ。

秉五郎は感嘆した。

懸命にやればやるほど秉五郎の手には痛みが走った。

陽が傾きはじめてノボさんが歩み寄った。

「秉五郎君、初めてにしては上手いもんじゃ。あしが初めての時はそんなふうにはいかんかったぞ」

ノボさんはじっと秉五郎の赤く膨れ上がった両方の掌を見て、よくやったね、とでも言いたげに二度、三度うなずいた。

秉五郎はノボさんの視線に気付いて、掌で音がするほど柏手《かしわで》を打つようにした。

「な〜にボールはすぐに簡単に受けられるようになるぞなもし。秉五郎君は何より元気なのがいい。合戦も気合いが入った方が勝つもんじゃからの」

「はい」

秉五郎は大声で返答した。

その日、秉五郎は家に戻ってから、これまでの人生ではまったく知ることのなかった感激に浸った。べーすぼーるを知ったことだけではなかった。ノボさんという一人の同郷の先輩の魅力に秉五郎は魅せられた。

四人の兄、そして漢学者の父、秉五郎が生まれてこの方見知っている人間とはまったく違うものを正岡の升さんは持っていた。かなうものなら上京してノボさんのそばでさまざまなことを学ぶことができたらどんなに素晴らしいかと思った。

別れ際にノボさんが言った。

「秉五郎君、明後日にあしの家においで。ベーすぼーるのルールを教えるぞなもし」

「は、はい」

秉五郎は早く明後日が来ないかと思った。

大原の叔父、恒徳《つねのり》が子規の家を訪ねてきたのは、子規の身体の様子をその目でたしかめたかったからだった。

姉の八重からも、息子の塩梅《あんばい》をきちんと見て欲しいという要望があった。

「ほれ、このとおり元気ぞなもし」

子規は叔父に胸を叩いて見せた。

姉の手前、恒徳は必要以上に子規の症状が悪いとは口にしなかった。それは子規からあらかじめ手紙で、母には症状が軽かったと伝えて欲しいと念を押されていたからだった。

それでも恒徳は一年ないし二年、休学することをすすめた。治癒するためには静養の他にないことを知っていたからだった。

「血を吐いた者は何人もおるぞな。それでも元気にしておる者の方が多い。それに今回のことはあしに新しいものを授けてくれました」

子規が嬉しそうに言うと、叔父は身を乗り出して訊いた。

「新しいものとは何がや？」

「それはあしの名前です」

と言い、立ち上がって自分の部屋に行き、二枚の半紙を手に戻ってきた。

そこに「子規」「時鳥」と書いてあった。

恒徳も、母も妹も、その文字をじっと見ていた。妹の律は首をかしげていた。

「〝ほととぎす〟じゃ。これよりあしは子規《ほととぎす》を頂戴して、正岡子規と名乗ることにした」

そうしてもう一枚の半紙を見せた。

そこには大喀血の後、子規が詠んだ句がしたためてあった。

卯《う》の花をめがけてきたか時鳥

卯の花の散るまで鳴くか子規

恒徳も、母も妹もそれを見て複雑な表情をした。

そんな身内の表情も解さないで子規だけが満足そうに、その句を見つめていた。

子規はその夜、恒徳に自分が政治家や役人にむかないことがわかったと告げ、本科に進級して、これからは哲学を専攻し、文芸の方面に目をむけたい旨を打ち明けた。

恒徳はのちに第五十二国立銀行で立派な仕事をするようになる人物であったから、姉の八重が溺愛する甥に対して、「それはそれで良いことであろうと思うが、まずは自分の健常な五体があってのことだから……」とくれぐれも無理をせぬようにと諭《さと》した。

子規は身体のことを心配する叔父に俳句の話やら、この春に仕上げた「七草集」の話を熱く語った。


秉五郎はその日、約束の時間より早くに正岡の家を訪ねた。

子規はまだ休んでいた。

それでも秉五郎が来たことを知ると、子規は元気そうな声を出して自室に招き入れた。蒲団が片付けられ、子規は秉五郎との間に机を出し、そこに何枚かの半紙を出した。

秉五郎は目の前の半紙に描かれた図面を見て驚いた。なんとそこにアルファベットが書いてあり、何やら幾何学の線も引いてあった。

秉五郎は口の中の唾《つば》を飲み込んだ。

漢学や古典、俳句は得意だが数学、物理となるとからきしダメだった。

「ベーすぼーるはアメリカで生まれたものじゃ。だからルールを覚えるのには本場でどうやっておるかをまず理解するのが一番じゃ。英語は得意かの？　秉五郎君は」

ノボさんの顔が近づいて秉五郎は顔から汗が噴き出た。

首をかしげて、あんまりと言うか、からっきし……と言うと、ハッハハハと大きな笑い声がして、

「あしもからっきし英語はダメぞなもし。それでもベーすぼーるを体得するにはいくつかの英語を覚えにゃならん。なーにすぐに覚えれらい」

バッターのことをノボさんは〝打ち手〟とした説明した。

「先生」

秉五郎が言った。

「先生とはあしのことぞな？」

「は、はい」

「そりゃ困まる。あしはまだ勉学の途にあるもんぞな。それをつかまえて先生では罰《ばち》が当ってしまう。ノボルでええ。皆が呼ぶようにノボさんでもかまわん。先生はいかんぞな」

「は、はい。それではノボさん。この〝打ち手《バッター》〟とか〝投げ手《ピッチャー》〟とか〝本基《ホームベース》〟とかをすべてノボさんがご自分で考えられたのですか？」

「そうじゃが、どこかおかしいかの？」

「いや、よい名前です。ノボさんはベーすぼーるの宗匠ぞなもし」

「宗匠と言うたかや。秉五郎君、君は俳句をたしなむんか」

「ええ、大好きです」

「そいか、そいか……。俳句をたしなむか」

ノボさんは途端に独り合点がいったようにうなずき上機嫌になった。

秉五郎はベーすぼーるより、ノボさんから俳句の話を聞きたかったが、一時間ばかりベーすぼーるのルールの話を聞いた。

時々、頭が痛くなりそうだったが、目の前で大きな目をくりくりと動かして話しているノボさんを見ると懸命に理解しようとつとめた。

「まあ、ざっとこげんもんぞな。〝べーすぼーる〟いうもんは。どうや？　面白いやろう」

ノボさんが身を乗り出してきて秉五郎の顔を、大きな目をさらに大きくして覗き込んだ。

ノボさんのこの特徴のある目で見られただけでどぎまぎしてしまうのに、身を乗り出してきてさらに目を大きく開いて見つめられると秉五郎は平常心を失ってしまう。

妹の律が部屋に入ってきた。

手に持った盆の上に切った西瓜《すいか》が載っている。

わざわざご馳走を自分のために用意してくれていたのだと思うと秉五郎はさらに緊張した。

秉五郎の家では西瓜というものを一年に一度くらいしか食べない。秉五郎の家だけではない。松山の士族の家ではそれが当り前のことで、裕福な暮らしはしていないのが当時の事情だった。

その西瓜のノボさんの食べ方に秉五郎はびっくりした。

盆が机に置かれるやいなやノボさんの手がスーッと伸びてひと切れの西瓜を取る

と、いただきますの一言も発せず、いきなりガブリとかぶりついた。果汁がノボさんの顔や、手に散ったが、そんなことはおかまいなしに音を立ててたちまち食べつくした。まるで犬か馬が餌や飼葉《かいば》にくらいついているかのごとくである。

乗五郎は呆気《あっけ》にとられてノボさんの食べっ振りを見ていた。

それに気付いたのか、

「お食べや」

とノボさんが言った。

その口や鼻先に果汁がついている。

「は、はい」

乗五郎は律を見た。

「どうぞ、召し上がって下さい」

律が言った。

乗五郎は西瓜を手に取り、ひと口食べた。

――これは美味い。

乗五郎が感激した時、

「律、昨日より今日の西瓜の方が甘いぞな。西瓜はこうじゃなくちゃならん」

とノボさんが言った。

律は兄の言葉に笑ってうなずき、手にした団扇《うちわ》でノボさんをあおいでいる。

――ノボさんは毎日、西瓜を食べているのか。

秉五郎はまたまたびっくりしてノボさんと律の顔を見た。

「律、今日は飯は何かの？」

ノボさんが訊いた。

「大原の家から芋がとれたと使いの者が来よりまして、母《はは》さんが大原に行きよりましたから芋飯かなんかを炊くのと違いますやろうか」

「芋飯か、ええのう。あしは刺身がちいっとばかし食べたいのう。そう母さんに言うとってや」

「わかりました。佐伯《さえき》の家からすっぽんが二匹届いとりますが、まだ元気そうやから、それは明日にでもしましょう」

秉五郎は兄妹の会話を聞いてまたまたびっくりした。

士族の家で男児が飯のことを口にするのを秉五郎は生まれて初めて耳にした。〝武士は食わねど高楊枝《たかようじ》〟と教えられてきた。

それなのにノボさんは平然として夕飯の献立《こんだて》を聞き、しかも刺身が欲しいと口にしている。

「すっぽんか、すっぽん鍋は美味いからのう。なあ秉五郎君」

ノボさんが嬉しそうに秉五郎を見た。

「は、はい」

秉五郎は応えたものの、すっぽんなどもう何年も食べていなかった。たしか四、五年前、兄が風邪をこじらせて寝込んだ時、滋養のために川漁師に頼んで持ってこさせた記憶があった。

「すぐに鍋とはいかんでしょう。母さんはノボさんの病気のためにとすっぽんを頼まれましたから、まずは血をしっかり取って滋養をつけてもらわんと……」

律が言った。

秉五郎は律の言葉に思わずノボさんを見た。

「ノボさん、どこぞお身体が悪いんでしょうか」

秉五郎が訊くと、ノボさんは口に入れた西瓜にむせながら喉元《のどもと》を指さした。

「な〜に、たいしたことはないぞな。ここじゃ、ここがちいっと具合が良うなかってな。少しばっかり血を吐《は》いてしもうた。ほととぎすになってしもうたんじゃ」

「そ、そうなんですか。それで大丈夫なのですか」

秉五郎は驚いてノボさんを見た。

「いや、心配はご無用。今はもうすっかり良うなっとるぞな」

「そうでしたか」

秉五郎は胸を撫《な》でおろした。

「ノボさん、母さんが胸の病いは油断がならんと言うとりました。よう休まれて、しっかり滋養を摂らんといかんそうです」

律が姉のようにノボさんに言った。

「そうです。あしの知っとる家の兄上も血を吐いてからほどなくいけんようになりました」

「ハッハハハ。あしは鳴いて血を吐く時鳥《ほととぎす》じゃ。まだまだ鳴き続けるぞな」

豪快に笑うノボさんを律が複雑な顔をして見ていた。

律が部屋を出て行くと、

「女児《おなご》は心配することが仕事じゃからの」

と秉五郎に笑って言った。

「そいじゃ、秉五郎君は発句《ほっく》、俳句をやると言うとったの」

「はい。まだ覚えたばかりで遊びのようなものですが。先生の、いやノボさんの俳句を三津《みつ》の大原其戎《きじゆう》先生の俳誌『真砂《まさご》の志良辺《しらべ》』で拝見したことがあります。とても佳《よ》い句で、あしなぞは足元にもおよびません」

乗五郎が言うとノボさんの目がかがやいた。

「そいか、大原さんの俳誌を読んだかね。乗五郎君は俳句をどう思うかな」

「どう思うかと申しますと？」

「じゃから俳句と乗五郎君がどういう塩梅《あんばい》かいうことじゃ」

「どういう塩梅ですか？」

「そうじゃ、なして乗五郎君は俳句を作るのかい」

「そ、それは作っとって面白いというか楽しいからです。あしは子供の時から字を書いたりするのが好きでしたから。けんど士族の家の子ですから大志を持たねばならんと言われて、男児が筆と紙を手に商い家の隠居のようなことはするなと言われました」

「それは断じて違う」

ノボさんの声があまり大きかったので乗五郎は飛び上がりそうになった。

「それは断じて違うぞ。乗五郎君」

「は、はい」

「発句、俳句もそうじゃが、短歌、浄瑠璃《じょうるり》、芝居の戯曲、漢籍、漢詩にいたるまで、これらは人とともにこの世の中にあるもんぞな。決して商い家の隠居の遊びとは違う」

「は、はい」

秉五郎はノボさんの迫力に圧倒された。

「何と言うたらええかのう。哲学を知っとるかの、秉五郎君は?」

「言葉は聞いたことがありますが……」

「西欧の道徳のようなものじゃが、ちいっとばかし違う」

「西欧の朱子学のようなもんでしょうか」

「おうおう、それに近いのう。この哲学いうのは人がどう生きるかということを探究しておる。世の中と自分の間柄のことじゃの」

「はあ……」

「そいと同じように俳句も短歌も世の中と自分の間にあるんじゃ」

「はあ……」

秉五郎にはノボさんの言わんとすることが理解できない。

「小説は知っておるかのう」

「はあ何でしょうか、それは」

「坪内逍遥《つぼうちしょうよう》という人が『当世書生気質《とうせいしょせいかたぎ》』いう小説を世に出しとる。これがなかなかのもんじゃ。今、世の中にようけおる書生というものが何に悩み、何を目指して生きとるかということを浄瑠璃語りのように、今の言葉で書いてござる」

「はあ……」

「これには新しい世の中と自分のことが書いとる。西欧ではすでに小説は主流らしい」

「主流ですか」

「そいじゃ。男児たるもの主流に船の舵《かじ》をむけんといかんぞな」

「わ、わかります。ノボさんの主流は何でしょうか」

いきなり秉五郎に言われてノボさんは秉五郎の顔を見返した。

「あしの主流な……」

ノボさんは天井を仰《あお》いだ。

「あしの主流か……。そいじゃのう。今は小説と俳句じゃろうか」

「ノボさんはそれをきわめられるのですか」

秉五郎の言葉にノボさんは目を丸くした。

「きわめるか……。そいじゃのう。きわめたいのう」

ノボさんの仰いだ視線の先を秉五郎も見上げた。

「見事な筆跡ですね」

東側の桟《さん》の上に書が掲げてあった。

〝香雲《こううん》〟とある。

「達筆じゃろう」

「ノボさんがお書きになったのですか」

「いや、まだちいさい時にあしの書の先生からもろうた。佐伯政房《まさふさ》先生からもろうたものじゃ」

「〝香雲〟とはいい言葉ですね。あしも桜が大好きです。去年、藩公の御達しで城のお濠《ほり》の周囲に桜の木を百本植えました。何年かしたらさぞ美しい眺めになるでしょう」

秉五郎は、〝香雲〟という言葉が、桜がいちどきに咲いてそれが雲のように見え、花が香ってくる姿をあらわしているのを知っていて、そう話したのである。

秉五郎が書に見惚《みと》れていると、

「秉五郎君はなかなか浪漫《ろうまん》があるぞな」

とノボさんが言った。

「ろうまんですか」

「そいじゃ。ここがええいうことじゃ」

ノボさんが胸を叩いた。

「はあ……」

「おう、いいものを見せようわい」

「何でしょうか」

ノボさんは筆を手にとると新しい半紙を出して、そこに文字を書いた。

〝子規〟とある。

秉五郎がそれを見て首をかしげた。

「シ、キ、と読む。時鳥《ほととぎす》のことじゃ。あしはこの初夏から名前を正岡子規とした。五月の或《あ》る夜、血を吐いた。枕元の半紙に血がにじんでおった。それを見た時、時鳥が血を吐くまで鳴いて自分のことを皆に知らしめるように、あしも血を吐くがごとく何かをあらわしてやろうと決めた。それで子規じゃ」

秉五郎は〝子規〟の文字を見た。

話を聞いて、秉五郎は泣きそうになった。それほどまでの思いで、この人は何かをしようとしている。これまでこんな人に逢ったことは一度もなかったし、未熟な自分が恥かしく思えた。

「秉五郎君、あしもしっかりとやるから、君も一緒に精進しようぞなもし」

「は、はい」

秉五郎は少しくぐもった声で返答した。

八月になって湊町《みなとまち》の家に子規宛ての嬉しい書簡が届いた。

「ノボさん、今しがた郵便の方が見えてこれをお持ちになったぞな」

律が大事そうに分厚い小封筒を手にやって来た。

子規は朝の散策から戻ってきて、井戸端で汗を掻いた上着を脱ぎ、身体を拭いているところだった。

「東京、牛込《うしごめ》の夏目さんと書いちょります」

律の声に子規は顔を上げて、

「おう、金之助君か」

と声を上げて濡《ぬ》れた手で手紙を受け取ろうとした。

「ノボさん、手紙が濡れてしまいますぞな」

「ええから早《はよ》うよこしや」

「さきに手を拭いて」

律が手拭《てぬぐ》いを帯から抜いて渡した。

子規は手紙の差し出し人の文字を見て嬉しそうにうなずいた。

「ノボさん、えろう嬉しそうですね」

「おう、こいは夏目金之助言うて第一高等中学校でも一番の秀才じゃ。英語も自分の言葉のように話しよる。頭もええが、それ以上に気持ちがええ人じゃ」

「ノボさんの友だちかね」

「友だちな……、いや畏友《いゆう》であるな」

「それは何ぞな、イ、ユ、ウ？」

「友であるが、その人を敬《うやも》うとる友のことじゃ。あしは金之助君を敬うておる」

「それはよほど良いお人なんぞなもし」

「そうじゃ、よほど良いお人ぞなもし」

そう言って子規が笑うと律も声を上げて笑い出した。

二人の笑い声を台所で聞いた母の八重までが笑みをこぼした。

子規は部屋に入ると金之助の手紙を開いた。

炎暑《えんしよ》之《の》候《こう》御病体《ごびようたい》如何《いかに》被為渡《わたらせられ》候《そうろう》哉《や》……（ひどく暑い季節ですが、体調はどうですか）

まずはこちらの病気がどうかと訊いてきている。

すぐに、必ず療養専一摂生大事、の文字が目に入ってきた。金之助の手紙には必ずこの十文字が書かれてある。

——心配性め。

子規は笑いながらつぶやいた。読み進めると、金之助は彼の兄の転地療養につき合って先月、静岡、興津《おきつ》という土地に行ったようだ。その興津の海景が漢詩で語ってある。

清水《しみず》港、三保《みほ》の松原《まつばら》、伊豆《いず》大島……、そして東海道の先にある名古屋にいたるまでの景観の良さが詩にしてある。

——金之助君、漢詩が上達したな……。

そう思っていると、いきなり漢詩が終り、

余り長イト御退屈、と文体をかえて、最初に宿泊した宿が一週間で二円も取るのに、その宿の待遇は雲助の宿のようだったと呆《あき》れている。

――ハッハハ、金之助君も間違いをするぞな。

拙如《せつご》き貧乏書生は「パラサイト」同様、とある。

――パラサイトとは何じゃったかの？

金之助は平気でこういうふうに書いてよこす。

「ハッハハハ」

子規は声を上げて笑った。

そこにはこうあった。

　さてさて金銭ほど世ノ中に尊きはあらじと楼下《ろうか》ニテ握リ睾丸《きんたま》をしながら名論を発明仕り候。

子規には金之助が睾玉を握りしめている姿が想像がつかない。

金之助は平気でこういう下世話な言葉を使う。

それはたぶんに金之助の自虐趣味がないでもない。普段、悠然《ゆうぜん》として校内を歩き、英語教師と流暢《りゅうちょう》に英語で会話をしている金之助からは微塵《みじん》もうかがえない。でも子規はこういう落語にあるわざと伝法《でんぽう》な態度をとる金之助が好きだった。

含羞《がんしゅう》が伝法にかたちをかえる。のちに漱石《そうせき》として小説にむかいはじめた時も、彼にはそういう面があった。

兄の転地療養につき合っての旅であったが散々な目に遭ったと報せている。

そうして最後に、

いづれ九月には海水にて真黒に相成りたる顔色を御覧に入べく、それまではアヂユー。

菊井町《きくいちょう》のなまけ者

丈鬼《じょうき》兄　座右

と結んであった。

子規は金之助の顔を思い浮かべた。

いつも気難しい顔をして、友だちのかける言葉にも短く言葉を返すだけの金之助だが、子規はこの手紙の中の金之助を本当の彼だと思っている。

――さてどんな返書を送ってやろう。

子規は〝香雲〟の書を眺めながら思案した。

――そうじゃ、金之助君が駿河《するが》の海のことを書いてよこしたなら、あしは伊予《いよ》、松山の海のことを漢詩にしてやろう。

「律、律……」

子規は大声で律を呼んだ。

「何ぞな。ノボさん」

「これから三津の浜へ行くけえ、着るもんを出してくれ」

「今、散歩から戻ってきたばかりで、そないしたら身体に悪いぞな」

八重もやってきた。

「おう、母《はは》さん、あしはこれから三津の浜に行くぞな。東京の夏目金之助君からえらいええ漢詩を手紙でもろうた。あしはそれに負けん漢詩を伊予の海で書いてみせるぞな」

ひどく興奮している息子を見て八重は言った。

「そがいなら車を呼んでもらいましょう」

律が驚いて八重を見た。

「おう、車で行けば早いいし、いろいろ見学できるのう。母さん、そうしてくれ」

「律、車夫を呼びに行っておくれ」

「でも母《はは》さま」

「ええから車夫を呼びに行き。ノボルさんの着るもんは私が用意する」

律は不満気な顔をして車夫を呼びに走った。

「母さん、筆と紙も頼まい。ひさしぶりに絵も描いちゃろう」

子規は自分の発案が気に入ったのか、舌先で唇を舐めるようにしてうなずいた。

車に乗って上機嫌に家を出る子規を八重と律は家の前で見送った。

「夕刻には戻るけぇ」

車夫が掛け声を発して走り出した。

八重は頭を下げた。

律は遠ざかる車影と、八重を交互に見て唇の先を尖《と》がらせた。

それでなくともぎりぎりの生活をしている正岡の家なのに子規が帰省すると八重は好物を惜しげもなく出し、借財までする。その上、車を呼ぶ母の気持ちが律にはわからない。

この二日、子規は家でおとなしくしていた。

先日、三津の浜に出てひさしぶりに写生をした。すると無性に絵を描きたくなった。色絵具を律に買ってこさせて、庭の花木を描きはじめたのだ。

家の東側に八重がこしらえたちいさな庭がある。

子規は子供の頃、庭にしゃがみ込んで花を見ていたと母から聞かされた。赤い花を見ると幼子だった子規は珍しく声を上げてその花に手を伸ばそうとしたという。

その記憶は子規の中にもかすかにある。

昨日は秋桜《コスモス》を描いた。

秋の気配を感じさせる風の中に揺れる秋桜はその色彩のゆたかさと細い茎の緑に葉の細さが好対照で風情がある。

今日は、幼い記憶の赤色そのものの葉鶏頭《はげいとう》を描いている。

子規の絵の素養は書を習いに行った六歳の時からのもので、書ばかりでは筆遣いが身に付かないので、子供たちの遊びも考えて、書の教師は簡単なポンチ絵のようなものの描き方を教える。

それは絵描き唄のように、〝ノの字がふたつ、ハの字がひとつ、あたまに口の字……〟と口ずさみながら、それが鶴の絵になったり、裃《かみしも》を着た武士のうしろ姿になったりする。

このポンチ絵を描かせると幼い子規は他の子供たちより抜群に上手《うま》かった。誉められれば有頂天になり、さらに夢中になるのは子規の生来の性格である。中学生の時に友人たちと編纂した同人誌のいくつかに、自らさし絵やポンチ絵をくわえたりした。

子規は絵を描くことを自分の愉しみとして生涯描き続けた。

子規は鼻先を葉鶏頭につけるようにして観察しながら丹念に描いていた。

律がそんな子規の様子を覗いて台所に戻ってきた。

「母さま、うちは皆と一緒に大きな声で難しいことを言うとるノボさんより、ああして絵を描いとるノボさんが好きぞなもし」

八重は蕗《ふき》の皮を剝《む》きながら、

「どちらもノボさんじゃ。母はどちらのノボルさんも良いと思うとる」

「うちは今のノボルさんの方がええ」

「律、おまえは婚家にいつ戻るんじゃ。むこうが何も言うてこんからって、このまま正岡におるわけにもいかんぞな」

「…………」

律は黙り込んだ。

兄の子規が帰省するとわかって、律は嫁ぎ先の家に兄の面倒を見たいと申し出て、相手の許可ももらわずに正岡家に戻ってきていた。

もう十数日、律は正岡の家にいる。

四年前に嫁いだ先は姑《しゅうとめ》との折り合いが上手くいかず、九ヵ月するとさっさと家に帰ってきた。請《こ》われて嫁いだ先だが相手との年齢が離れ過ぎていたこともあり、八重は律に可哀相《かわいそう》なことをしたと思った。

今回の縁も相手から律を望んできた。

律は嫁に行くのを嫌がったが、八重が、いつまでも正岡の家にいてはおまえの一生が不幸になると言い聞かせてようやく嫁に出した。

それでも何かと用をこしらえて律はしょっちゅう八重の許に顔を見せた。

それが今回の長居になっている。

律は生まれた時から丈夫で、性格は勝ち気で男まさりのところがあった。

律は八重の問いに何も返答しないまま隣りに座って蕗の皮を剝《む》きはじめた。

二人の女の指先が黒く染っている。

「蕗はノボさんの好物じゃね」

律が言うと八重はちいさくうなずいた。

律は八重の横顔を見た。

――母さまは嬉しそうじゃ。

八重は子規が帰省すると、その顔色がいっぺんに明るくなる。食事の準備にしても、掃除、洗濯にしてもその動作のひとつひとつが若返ったように機敏になる。あんなによく零《こぼ》すタメ息を一度もつかない。

――母さまの生き甲斐はノボさんじゃから……。

台所に足音が近づいてきた。

「おう、今夜は藷かの。松山の藷は美味いけんの」

子規が桶の水の中に入った藷を覗いた。

「土佐から〝戻り鰹《がつお》〟も入っとります」

「ほんまか。土佐の鰹を食べるのは何年振りじゃろうかの。そりゃ愉しみじゃ。絵がひとつできたがごらんになるかの」

子規の言葉に八重が手拭いで手を拭き立ち上がった。

「うちも見るぞな」

律も立ち上がった。

部屋の机の上に三枚の絵が置いてあった。

「ほんにノボさんは上手いね」

律が見惚れている。

「そうかのう」

子規はまんざらでもない顔をして八重の肩に手を載せ、

「どうじゃ、母さん」

と訊いた。

「どれもええ出来です」

八重はまぶしそうな目をして息子の描いた葉鶏頭を見つめていた。

その夜、母子の三人で夕餉《ゆうげ》を摂った。子規は食事をする間もずっと東京での話をしていた。

「学問を終えたら、あしは新聞社に入ろうと思うとる。そこで俳句やら小説に挑んでみるつもりじゃ」

「大臣や議長にはなられんのですか」

律が訊いた。

「ああいうもんには人の相性というもんがある。あしは筆を取って生きようと思う」

「それで食べていけるんですか」

「ああ、陸羯南《くがかつなん》さんの新聞の稿料なぞはたいしたものじゃ。新聞社に正式に入れば給与は月に五十円は下らんじゃろう」

「五十円」

律が大声を上げた。

子規は驚いている妹の顔を見て満足そうにうなずいた。

静かだった日々は、その数日だけで東京から常盤会の書生たちが次々に帰省してくると、子規の周囲はまた賑《にぎ》やかになった。

毎日、誰かしらが正岡の家の玄関で大声で子規の名前を呼んだ。連日、子規は後輩たちに連れられてあちこちに行き、熱気のある時間をともに過ごしていた。帰宅が夜遅くなる時もたびたびあった。

八月の盆が過ぎ、迎え火、送り火の灯《ひ》が消えた或る夜、子規は夕餉を済ませて部屋に戻り、いつもより早く床に就《つ》いた。

寝静まったと思った時刻、子規の部屋から激しい咳《せき》をする気配がした。

八重が子規の元に行き、部屋の障子戸を開けると夥《おびただ》しい血を畳に吐き散らした子規が口元をおさえてしゃがみ込んでいた。

「律、桶《おけ》に水を」

八重の声が響いた。

八重は息子が血を吐く姿を初めて目にした。

律も兄が喀血するのを初めて見た。喀血がこれほど痛々しいものとは八重も思わなかった。息子は桶に顔を突っ込むようにして血を吐き出している。

夕餉の時に、小説が、短歌が、俳句が、東京での寄席《よせ》がいかなるものかと熱弁をふるっていたのとはまったく別の息子が、背中を小動物のように丸めて鶏に似た奇声を上げながら血を吐き、唾を吐き捨てていた。

すでに桶の中は血の色に染っている。

息子の桶の抱き寄せ方や、血を吐き出す所作《しょさ》を見て、八重は子規の喀血がすでに一度や二度ではないことを察した。

八重は息子の背中をさすった。

律は兄の姿を見て愕然《がくぜん》とした。

――ノボさんはこんなことになってしもうとるのか……。

律は初めて見る兄の無惨とも思える姿にただただ驚いた。

しかしすぐに、この兄の世話をするのが母と自分の役目だと理解した。

ハァ、ハァ、フウッー、と子規がようやくひとごこちついた。

「律、水を持ってきいや」

八重の言葉に律は凝視《ぎょうし》していた桶の中の血から目を離し、立ち上って台所に走った。

水を汲んで戻ってくると、兄はけろりとした顔で八重に何事かを言っている。

「こりゃ、たぶん喉をやられた血ぞなもし。前も同じようなもんじゃった。うん、これであしは子規、すなわち時鳥《ほととぎす》から雅号を取ったぞな。なかなかじゃろう」

そう言って子規は笑い、律の差し出した手拭いを受け取った。

今しがた血を吐いていたことが嘘のような明るさだった。

それでも律は子規の話を黙って聞いている八重の表情を見て、兄の病状が決して楽観できるものではないことを悟った。

兄から律の手に戻された手拭いには赤い血の跡がにじんでいた。

八重の指先が畳の上を指した。律はその指の行方《ゆくえ》を目で追い、畳の上に血が散っているのを見つけ手拭いで拭きはじめた。

するとそこに兄が描いた水彩画があり、律が気に入っていた葉鶏頭の赤い花より、なお鮮明な兄の血が彩画に滲《にじ》んでいた。

翌日、子規は八重に喉をやられて出た喀血であることを証明しようと医者に行った。子規の言ったとおり、医者は気管の出血だろうと診断した。

翌日も正岡の家には来客があった。

「ノボさん、道後《どうご》の湯に行こうや」

「いや、山に登ろうや」

同輩や後輩が子規を慕ってやって来る。

遠出をして山登りに誘う者までいる。

八重は客たちを迎え、息子が出かけると言えばそのまま出かけさせた。

喀血から三日後、大原の家から叔父の恒徳《つねのり》が再びやって来て子規に療養するように諭《さと》した。母の八重が呼んだのである。

子規は笑って叔父の言をはぐらかした。

それでも叔父は松山にいる間は静養し、山登りや水泳などの身体に負担のかかることはいっさいしないように子規に約束をさせた。子規は神妙にこれを受け入れた。

その夜、八重は佐伯家から差し入れられたすっぽんの生き血を息子に飲ませ、鍋を食べさせた。

この時代、胸を患って喀血した病状に対する特効薬はなかった。栄養を摂り、静養に専念することだけが対処法だった。

それでも家にじっとしている子規を訪ねて松山の書生たちが正岡家にやって来る。秉五郎《へいごろう》も何かと子規に逢いにやって来て、書生たちが面白可笑《おか》しく東京の話をするのを部屋の隅で聞いていた。

夏目金之助も子規の喀血を心配し、手紙には療養に専心されるべし、と再三再四書いてあった。

子規の身体を心配する人たちから、ひとつの提案が出ていた。

それはこのまま東京という環境で勉学を続けさせるのは子規の身体をますます悪くさせるのではないかということだった。

子規は人の誘いを断わることができない気質《たち》である。

身体が少々疲れている時でも、仲間に、ノボさん、ベーすぼーるでもしようぞな、と言われると、待っていたとばかり外に飛び出して行き、日が暮れるまで白球を追い続けてしまう。句会をはじめると、その日のうちに句がまとまらねば眠るのを惜しんで夜明け方まで創作をやり通してしまう。

この性質はかえることなどできない。なら今のこの環境をかえた方がよかろう、と子規へ、廃学、休学をすすめる声が上がった。

大原恒徳は三度《みたび》、正岡の家にやって来て、その話を子規にした。

子規はその提案を受け入れなかった。

「それは到底できんぞなもし。あしはやりたいことがようけあるぞな。いろんな本を読んでみたい。それを読むことで少々身体が、あしの生命が減ってもかまんのです。勿論、あしは朝《あした》に道を聞けば夕《ゆうべ》に死んでもかまんという聖人ではないし、高尚な人間にむかうためにすべてを投げ打てる徳のある者でもないが、でもあしは猿ではないし、鸚鵡《おうむ》でもない、上京して以来、いろいろ迷っていたが数年前からようやく本を読む、物を識《し》ることの悦びがわかりはじめた。そうやって根《こん》を詰めて生きれば身体に良くないことも承知しとる。だからといって一年休学なり廃学して、五年なり十年長生きをしたとしても、その一年の間、自分は決して満たされることがないぞなもし」

子規の中にようやく自分が何をすべきかが固りつつあった。

子規は三津浜港から東京にむかった。

八重も律も三津浜に立ち、船のデッキから嬉しそうに皆に手を振る子規を見送った。

その中に秉五郎の姿もあった。

子規より六歳年少の秉五郎にとって、今夏の子規との出逢いは彼の人生の行方を決定付けた。後に河東碧梧桐として俳壇にその名を残す人になるはじまりであった。目の前の船のデッキで満足そうに手を振る子規の旅発ちは、秉五郎の旅発ちの日でもあった。

（下巻につづく）

正岡子規・夏目漱石関連年表

年	正岡子規	夏目漱石	社会・文壇の出来事
慶応3年（１８６７）	9月17日（新暦10月14日）、伊予国温泉郡藤原新町（現在の松山市花園町3—5）で、父・正岡隼太常尚（松山藩士）、母・八重の長男として生まれる。本名、常規。幼名、処之助、のちに升と改める。	1月5日（新暦2月9日）、父・夏目小兵衛直克、母・千枝の五男として生まれる。本名、金之助。	10月、大政奉還。11月15日、坂本龍馬、中岡慎太郎とともに暗殺される。12月9日、王政復古の大号令。
慶応4年・明治元年（１８６８）	湊町新町（後の湊町4—1）に転居。	11月、四谷の名主・塩原昌之助の養子となり、塩原姓を名乗る。	1月、戊辰戦争始まる。3月、五箇条の御誓文。神仏分離令。9月、明治改元。
明治2年（１８６９）	年末、失火により家が全焼。		6月、版籍奉還。
明治3年（１８７０）	10月1日（新暦10月25日）、妹・律が生まれる。		

明治4年（1871）			7月、廃藩置県。11月、岩倉使節団、欧米へ出発。
明治5年（1872）	3月7日（新暦4月14日）、父・隼太死去。父の兄・佐伯政房（半弥）のもとに手習いに通い、習字を習う。		2月、福沢諭吉『学問のすゝめ（初編）』刊行。12月3日（新暦明治6年1月1日）、太陽暦を採用。
明治6年（1873）	三並良と外祖父・大原観山の私塾に通い、素読を学ぶ。末広学校に入学。		
明治7年（1874）	末広学校が智環学校と改まる。	浅草寿町の戸田学校下等小学第八級に入学。	
明治8年（1875）	1月、勝山学校に転校。4月11日、観山死去。土屋久明に漢学を学ぶ。		6月、新聞紙条例、讒謗律、公布。
明治10年	景浦政儀の家に数学、読書の復習	12月、市谷学校下等小	2月14日、西南戦

（1877）	に通い、軍談に興味を持つ。	学校第一級を卒業。	争始まる（〜9月24日）。
明治11年（1878）	夏、初めて漢詩を作り、土屋久明の添削を受ける。絵画を好み、友人・森知之から葛飾北斎の「画道独稽古」を借りて模写する。	2月、回覧雑誌に「正成論」を書く。10月、錦華学校小学尋常科二級後期を卒業。	
明治12年（1879）	回覧雑誌「桜亭雑誌」「松山雑誌」を発行。夏、疑似コレラにかかる。12月、勝山学校を卒業。	東京府立第一中学校正則科乙に入学。	
明治13年（1880）	3月、松山中学に入学。竹村鍛、三並良、大田正躬、森知之らと漢詩のグループ「同親会」を結成し、漢学者・河東静渓（竹村鍛、河東碧梧桐の父）の指導を受ける。		3月、国会期成同盟、発足。
明治14年（1881）	冬、柳原正之（極堂）の交際の求めに応じ、以後親しくなる。	1月、実母・千枝死去。府立一中を中退。私立二松学舎に転校し、漢学を学ぶ。	

明治15年（1882）	9月、授業を抜け出して臨時県会を傍聴、自由党員を訪問するなど、政治への関心が強まる。12月、北予青年演説会で演説。	春、二松学舎を中退。	8月、『新体詩抄』刊行。10月、中江兆民『民約訳解』刊行。
明治16年（1883）	5月、松山中学を退学。6月、東京遊学を懇願し、叔父・加藤拓川より同意の書簡を受け取り、上京。日本橋区浜町の旧松山藩主久松邸内に寄寓。拓川の指示で陸羯南を訪ねる。7〜9月、須田学舎に入り、従弟・藤野潔（古白）と同宿。10月、共立学校に入学。	秋、神田駿河台の成立学舎に入学。	11月、鹿鳴館、落成。
明治17年（1884）	2月、「筆まかせ」を書き始める。3月、久松家の育英事業、常盤会給費生に選ばれる。9月、東京大学予備門（後の第一高等中学校）に入学。同級に夏目金之助、芳賀矢一、南方熊楠、山田美妙、菊池謙二郎がいた。	9月、東京大学予備門に入学。	

明治18年（1885）	春、哲学を志望。6月、学年試験に落第。7月、帰省中、秋山真之の紹介で桂園派の歌人・井手真棹に歌を学ぶ。9月、坪内逍遥の『当世書生気質』を読み、感嘆する。	中村是公、橋本左五郎ら約十人と猿楽町の末富屋に下宿。	2月、硯友社、結成。
明治19年（1886）	1月、予備門の友人たちと「七変人評論」を行う。4月、清水則遠の葬儀執行。予備門が第一高等中学と改称。この年から三年間、ベースボールに熱中。	7月、胃痛のため落第。9月、中村是公と本所江東義塾の教師となり、塾の寄宿舎に転居。	
明治20年（1887）	7月下旬頃、帰省中、柳原極堂と三津浜の俳人・大原其戎を訪ね、俳諧を学ぶ。8月、其戎の主宰誌「真砂の志良辺」に、子規の句「虫の音を踏わけ行や野の小道」（活字になった最初の句）が載る。9月、第一高等中学校予科一級に進級。	3月に長兄・大助、6月に次兄・直則がともに肺結核のため死去。9月頃、急性トラホームを病み、実家に戻る。	2月、徳富蘇峰、民友社結成。「国民之友」創刊。
明治21年（1888）	7月、第一高等中学校予科を卒業。夏期休暇中、向島長命寺境内	1月、塩原家より復籍し夏目姓に戻る。英作	

	の桜餅屋月香楼に仮寓し、「七草集」を執筆する。三並良、藤野古白が同宿。8月、鎌倉・江の島方面に遊ぶ。途中、鎌倉で初めて喀血。9月、本科一部に進級。月香楼を引き払い本郷真砂町の常盤会寄宿舎に入る。	文「討論——軍事教練は肉体錬成の目的に最善か?」を執筆。7月、第一高等中学校予科を卒業。9月、英文学専攻を決意し本科一部に進級。	
明治22年（1889）	1月、夏目金之助と落語を介して交友が始まる。5月9日夜、突然喀血。時鳥の句を四、五十句作り、初めて「子規」と号す。12日、内藤鳴雪が寄宿舎監督に着任。夏、帰省中、河東秉五郎（碧梧桐）にボールの受け方を指導。8、9月、「啼血始末」を書く。この年から「俳句分類」を始める。	5月13日、子規を見舞う。25日、「七草集」を漢文で批評して七言絶句九編を添え、これに初めて「漱石」の号を用いる。8月に学友と房総を旅行。9月、紀行漢詩文「木屑録」を書き、松山の子規に批評を求める。	2月11日、大日本帝国憲法、公布。陸羯南「日本」創刊。
明治23年（1890）	7月、第一高等中学校本科を卒業。9月、東京帝国大学文科大学	9月、帝国大学文科大学英文学科入学。文部	10月30日、「教育勅語」発布。

	哲学科入学。秋、本郷の夜店で入手した幸田露伴の『風流仏』を読み、傾倒する。	省の貸費生となる。	
明治24年（1891）	1月、哲学科から国文科へ転科。3月、房総旅行に出発。帰着後、「かくれみの」を執筆。5月、碧梧桐を通じ、高浜虚子と文通を始める。6月、木曾路を経て松山へ帰省。12月、常盤会寄宿舎から駒込追分町の下宿に転居。小説「月の都」の執筆に着手。	8月、三兄直矩の妻・登世の死を悼んでよんだ十三句を子規宛書簡に記す。12月、「方丈記」を英訳。	10月、坪内逍遥「早稲田文学」創刊。
明治25年（1892）	2月、脱稿した「月の都」を持って幸田露伴を訪問、好評は得られず、小説家になることを断念。同月29日、陸羯南の世話で下谷区上根岸に転居。5月、木曾紀行文「かけはしの記」を初めて「日本」に連載する。6月、「獺祭書屋俳話」を「日本」に連載開始、俳句革新に着手。7月、学年試験に落	4月、分家し、北海道平民となる。5月、東京専門学校（現在の早稲田大学）講師に就任。7月7日、子規とともに京都に向かい、途中別れて岡山に滞在した後、松山の子規の実家を訪ねて再会。	内田魯庵『罪と罰』翻訳（前半部分）。11月1日、黒岩涙香「万朝報」創刊。

	第し、退学を決意。11月14日、母と妹を神戸に出迎える。17日、帰京。家族三人の同居生活が始まる。12月1日、日本新聞社に入社。		
明治26年（1893）	2月、「日本」の文苑に俳句欄を設ける。3月、帝国大学文科大学を退学。5月、初めての単行本『獺祭書屋俳話』を日本新聞社より刊行。7月19日、東北旅行に出発。8月20日に帰京。11月、「芭蕉雑談」を「日本」に連載開始。	7月、帝国大学卒業、大学院に入学。10月、高等師範学校（後の東京高等師範学校）の英語教師となる。	
明治27年（1894）	2月1日、上根岸町82番地（陸羯南宅の東隣）に転居。家庭向け新聞「小日本」創刊、子規が編集責任者となる。この新聞に古島一雄、五百木飄亭らが従事した。創刊号より小説「月の都」を連載する。23日、竹の里人の名で短歌を発表。3月、「小日本」の挿絵画家として浅井忠より中村不折を紹	2月、結核の徴候があり、血痰を見る。12月、鎌倉の円覚寺を参禅のために訪れ、帰源院に滞在。	8月、日清戦争始まる。

	介される。7月、「小日本」終刊により「日本」の編集に復帰。		
明治28年（1895）	4月、日清戦争従軍記者として遼東半島に渡り、金州、旅順に赴く。金州で藤野古白の死を知る。「陣中日記」を「日本」に連載する。5月4日、従軍中の森鷗外を訪ねる。17日、帰国の船中で喀血。23日、神戸に上陸し、直ちに県立神戸病院に入院。一時重体に陥る。7月、須磨保養院に転院。8月27日、松山の夏目漱石の下宿に移り、五十日余を過ごす。柳原極堂ら地元の松風会会員と連日句会を開き、漱石も加わる。10月、松山を離れ、広島、大阪、奈良を経て帰京。12月、高浜虚子を誘って道灌山へ行き、自らの文学上の後継者となることを依頼するが、断られる。	1月、横浜の「ジャパン・メール」の記者を志願したが、不採用に終わる。3月、高等師範学校を退職。4月、愛媛県尋常中学校（松山中学、現在の愛媛県立松山東高等学校）教諭に就任。12月、貴族院書記官長・中根重一の長女・鏡子とお見合いをし、婚約成立。	4月、日清講和条約（下関条約）調印、三国干渉。

明治29年（1896）	1月3日、子規庵で初句会が催され、鷗外、漱石が同席。31日、鷗外主宰の「めさまし草」が創刊。以後、子規を中心とした「日本派」の俳句が掲載される。2月、左の腰部が腫れ、痛みがひどく歩行困難となる。3月27日、カリエスの手術を受ける。4月、「松蘿玉液」、5月、「俳句問答」を「日本」に連載開始。7月19、23、24日の「松蘿玉液」でベースボールを紹介。9月5日、人力車で出かけ、与謝野鉄幹ら新体詩人の会に出席。この年、子規の提唱する新俳句が一般に広く認められるようになる。	4月、熊本県の第五高等学校講師となる。6月、熊本で借りた家で中根鏡子と結婚。7月、教授に昇任。	徳富蘇峰、欧米旅行に出発。
明治30年（1897）	1月、柳原極堂が松山で「ホトトギス」を創刊、子規と内藤鳴雪が募集俳句の選者を務める。3月27日、佐藤三吉博士の執刀で腰部の手術を受ける。4月、「俳人蕪	6月、実父・直克死去。7月、鏡子を伴って上京。17日、子規庵での句会に参加。	

	村」、8月、「一茶の俳句を評す」を「日本」に連載開始。12月24日、子規庵で第一回蕪村忌を開催、二十名が参加。		
明治31年（1898）	1月、子規庵で蕪村句集輪講会を初めて開催。以後、毎月開かれる。2月、「歌よみに与ふる書」を「日本」に連載開始、短歌革新に着手する。3月、子規庵で俳人たちによる初めての歌会が開かれる。7月、自らの墓碑銘を記し、河東可全（碧梧桐の兄）宛の手紙に託す。10月10日、高浜虚子が引き継いで東京に発行所を移した「ホト、ギス」の第一号が発刊。	初夏、鏡子が白川で自殺をはかる。10月、俳句結社「紫溟吟社」を主宰して、寺田寅彦ら五高生に俳句を教える。	徳冨蘆花『不如帰』を「国民新聞」に連載開始。
明治32年（1899）	1月、『俳諧大要』を「ホト、ギス」発行所から刊行。秋、中村不折から貰った絵具で初めて水彩画「秋海棠」を描く。12月、『俳人蕪村』を刊行。病室の障子をガラス	4月、「英国の文人と新聞雑誌」、8月、「小説『エイルキン』の批評」を「ホト、ギス」に発表。5月、長女・	6月、福沢諭吉『福翁自伝』刊行。11月、与謝野鉄幹「東京新詩社」創設。

	張りに変える。	筆子誕生。	
明治33年（1900）	1月2日、伊藤左千夫が初めて来訪。16日、浅井忠の渡欧送別会を子規庵で催す。下旬、「日本」で写実写生の文を提唱する。3月28日、長塚節が来訪。以後、子規庵歌会に参加。4月15日、万葉集輪講会を初めて開く。夏、左千夫のすすめにより、興津への移転を考えたが断念する。9月、『蕪村句集講義』（春之部）を刊行。第一回山会（写生文の会）を子規庵で開催。11月、静養に専念するため、子規庵の句会、歌会を中止。12月23日、一日繰り上げて蕪村忌を開催。	6月、文部省より現職のままで英語研究のため二年のイギリス留学を命ぜられる。7月23日、子規を訪ねる。8月26日、寺田寅彦とともに子規を訪ねる。この日が最後の会見。9月8日、イギリスへ出発。10月、途上パリで万国博覧会を訪問。	4月、「明星」創刊。新渡戸稲造『武士道』(BUSHIDO: The Soul of Japan, An Exposition of Japanese Thought) 刊行。
明治34年（1901）	1月、「墨汁一滴」を「日本」に連載開始。6月、植木屋を呼んで病室の前に糸瓜棚を作らせる。下旬、陸羯南主催の中村不折渡欧送	1月、次女・恒子誕生。5月、「倫敦消息」が「ホトトギス」に掲載される。帰国ま	2月、福沢諭吉死去。

	別会が子規庵で開かれる。9月2日、「仰臥漫録」をつけ始める。10月13日、精神錯乱し、「仰臥漫録」に「古白曰来」と記す。11月6日夜、ロンドンの漱石に宛てた手紙で「僕ハモーダメニナッテシマッタ」と書く。	で「文学論」の執筆に専念。12月18日、子規からの手紙への返信にロンドンでの見聞を書き送る。	
明治35年（1902）	1月、病状悪化。痛みをやわらげるため、連日麻痺剤を用いるようになる。3月10日、中断していた「仰臥漫録」をつけ始める。3月末より、伊藤左千夫、香取秀真、高浜虚子、河東碧梧桐、寒川鼠骨らが交替で看護に当たる。5月、「病牀六尺」を「日本」に連載開始。連載は死の二日前の9月17日まで続けられる。6月、「菓物帖」を描き始める。8月、「草花帖」、9月、「玩具帖」と写生を続ける。9月10日、子規の枕元で最	9月、強度の神経衰弱に陥り、気分転換をはかって自転車の練習を始める。12月1日、子規の死を知らせる高浜虚子の手紙への返信に追悼の句を五句よむ。5日、ロンドンを発ち、帰国の途につく。	

	後の蕪村句集輪講会が開かれる。14日、虚子が「九月十四日の朝」を口述筆記する。18日、絶筆糸瓜三句を記す。19日、午前1時ごろ死去。21日、葬儀が行われ、田端の大龍寺に埋葬される。会葬者百五十余名。戒名、子規居士。		
明治38年（1905）		1月、「吾輩は猫である」を「ホト、ギス」に発表（翌年8月まで断続連載）。	
明治39年（1906）		4月、「坊っちゃん」を「ホト、ギス」に発表。	
大正5年（1916）		5月、「明暗」を「東京朝日新聞」に連載開始（〜12月）。12月9日、午後7時前に胃潰瘍により死去。戒名、文献院古道漱石居士。	

本書は二〇一三年十一月、小社より刊行された単行本を上下に分冊したものです。

|著者|伊集院 静　1950年山口県生まれ。'81年短編小説「皐月」でデビュー。'91年『乳房』で吉川英治文学新人賞、'92年『受け月』で直木賞、'94年『機関車先生』で柴田錬三郎賞、2002年『ごろごろ』で吉川英治文学賞、'14年『ノボさん　小説 正岡子規と夏目漱石』(本書)で司馬遼太郎賞をそれぞれ受賞。著書に、『三年坂』『白秋』『海峡』『春雷』『岬へ』『ぼくのボールが君に届けば』『羊の目』『少年譜』『志賀越みち』『浅草のおんな』『いねむり先生』『星月夜』『ガッツン!』『愚者よ、お前がいなくなって淋しくてたまらない』、エッセイ集『それでも前へ進む』「大人の流儀」シリーズなどがある。

ノボさん(上)　小説《しょうせつ》　正岡子規《まさおかしき》と夏目漱石《なつめそうせき》

伊集院《いじゅういん》　静《しずか》

講談社文庫

定価はカバーに
表示してあります

2016年1月15日第1刷発行

発行者——鈴木　哲
発行所——株式会社　講談社
東京都文京区音羽2-12-21　〒112-8001
電話　出版　(03) 5395-3510
　　　販売　(03) 5395-5817
　　　業務　(03) 5395-3615

Printed in Japan

デザイン——菊地信義
本文データ制作—講談社デジタル製作部
表紙印刷——豊国印刷株式会社
カバー印刷—大日本印刷株式会社
本文印刷・製本—株式会社講談社

ISBN978-4-06-293313-1

講談社文庫刊行の辞

二十一世紀の到来を目睫に望みながら、われわれはいま、人類史上かつて例を見ない巨大な転換期をむかえようとしている。

世界も、日本も、激動の予兆に対する期待とおののきを内に蔵して、未知の時代に歩み入ろうとしている。このときにあたり、創業の人野間清治の「ナショナル・エデュケイター」への志を現代に甦らせようと意図して、われわれはここに古今の文芸作品はいうまでもなく、ひろく人文・社会・自然の諸科学から東西の名著を網羅する、新しい綜合文庫の発刊を決意した。

激動の転換期はまた断絶の時代である。われわれは戦後二十五年間の出版文化のありかたへの深い反省をこめて、この断絶の時代にあえて人間的な持続を求めようとする。いたずらに浮薄な商業主義のあだ花を追い求めることなく、長期にわたって良書に生命をあたえようとつとめるところにしか、今後の出版文化の真の繁栄はあり得ないと信じるからである。

同時にわれわれはこの綜合文庫の刊行を通じて、人文・社会・自然の諸科学が、結局人間の学にほかならないことを立証しようと願っている。かつて知識とは、「汝自身を知る」ことにつきていた。現代社会の瑣末な情報の氾濫のなかから、力強い知識の源泉を掘り起し、技術文明のただなかに、生きた人間の姿を復活させること。それこそわれわれの切なる希求である。

われわれは権威に盲従せず、俗流に媚びることなく、渾然一体となって日本の「草の根」をかたちづくる若く新しい世代の人々に、心をこめてこの新しい綜合文庫をおくり届けたい。それは知識の泉であるとともに感受性のふるさとであり、もっとも有機的に組織され、社会に開かれた万人のための大学をめざしている。大方の支援と協力を衷心より切望してやまない。

一九七一年七月

野間省一

講談社文芸文庫

黒井千次・選

「内向の世代」初期作品アンソロジー

まえがき=黒井千次

「内向の世代」の中心的存在、後藤明生、黒井千次、阿部昭、坂上弘、古井由吉。〝サラリーマン作家〟だった時代の瑞々しい魅力が横溢する、記念碑的中短篇選集。

くA7
978-4-06-290297-7

木山捷平

酔いざめ日記

昭和七年から、四三年の亡くなる直前まで書き綴った、小説家の日記、初文庫化。困窮の生活・この時代の作家たちの交遊・社会的事件など、昭和史としても卓抜。

きC14
978-4-06-290300-4

鶴見俊輔

埴谷雄高

解説=加藤典洋　年譜=編集部

思想界の先導者が、近代文学に屹立する埴谷雄高と未完の名作『死霊』を約半世紀にわたり論じた集大成。両者の誌上初対論が実現した座談会や鶴見の献詩も収録。

つJ1
978-4-06-290298-4

講談社文庫　目録

稲葉　稔　武者とゆく
稲葉　稔　闇夜の義賊〈武者とゆく(二)〉
稲葉　稔　真夏の凶刃〈武者とゆく(三)〉
稲葉　稔　月夜の始末〈武者とゆく(四)〉
稲葉　稔　陽月の契り〈武者とゆく(五)〉
稲葉　稔　武士の約定〈武者とゆく(六)〉
稲葉　稔　夕焼け雲〈武者とゆく(七)〉
稲葉　稔　百両の舞い〈武者とゆく(八)〉
稲葉　稔　大江戸人情花火
稲葉　稔　隠密拝命〈八丁堀手控え帖〉
稲葉　稔　囮《おとり》同心〈八丁堀手控え帖〉
稲葉　稔　椋鳥の影〈八丁堀手控え帖〉
稲葉　稔　奉行の杞憂〈八丁堀手控え帖〉
井村仁美　アナリストの淫らな生活
池内ひろ美　リストラ離婚〈ベンチマーク〉
池内ひろ美　読むだけで「いい夫婦」になる本〈妻が・夫を・捨てたわけ〉
いしいしんじ　プラネタリウムのふたご
伊藤たかみ　アンダー・マイ・サム
池　永　陽　指を切る女
池　永　陽　雲を斬る
池　永　陽　緋色の空
池　永　陽　剣客瓦版つれづれ日誌
池　永　陽　風を断つ
井川香四郎　冬の蝶〈梟与力吟味帳〉
井川香四郎　日照り草〈梟与力吟味帳〉
井川香四郎　忍《すい》冬《かずら》〈梟与力吟味帳〉
井川香四郎　花《はな》詞《ことば》〈梟与力吟味帳〉
井川香四郎　雪の花火〈梟与力吟味帳〉
井川香四郎　鬼《き》雨《う》〈梟与力吟味帳〉
井川香四郎　科《しな》戸《と》の風〈梟与力吟味帳〉
井川香四郎　紅《くれない》の露〈梟与力吟味帳〉
井川香四郎　惻《そく》隠《いん》の灯《ひ》〈梟与力吟味帳〉
井川香四郎　三人羽織〈梟与力吟味帳〉
井川香四郎　闇夜の梅〈梟与力吟味帳〉
井川香四郎　吹《すい》花《か》の風〈梟与力吟味帳〉
井川香四郎　ホトガラ彦馬〈写真探偵開化帳〉
井川香四郎　飯盛り侍
井川香四郎　飯盛り侍　鯛評定
井川香四郎　飯盛り侍　城攻め猪
伊坂幸太郎　チルドレン
伊坂幸太郎　魔王
伊坂幸太郎　モダンタイムス(上)(下)
伊坂幸太郎　P　K
岩井三四二　逆ろうて候
岩井三四二　戦国連歌師
岩井三四二　銀閣建立
岩井三四二　竹千代を盗め
岩井三四二　村を助《たす》くは誰《た》ぞ
岩井三四二　一所懸命
岩井三四二　鬼《き》弾《だん》〈鹿王丸、翔ぶ〉
絲山秋子　逃亡くそたわけ
絲山秋子　袋小路の男
絲山秋子　絲的メイソウ
絲山秋子　絲的炊事記〈豚キムチにジンクスはあるのか〉
絲山秋子　ラジ&ピース
絲山秋子　絲的サバイバル
絲山秋子　北緯14度〈セネガルでの2ヵ月〉

石黒　耀　死都日本
石黒　耀　震災列島
石黒　耀　富士覚醒
石黒　耀　忠臣蔵異聞〈家老 大野九郎兵衛の長い仇討ち〉
石井睦美　レモン・ドロップス
石井睦美　白い月黄色い月
石井睦美　キャベツ
石井睦美　皿と紙ひこうき
犬飼六岐　筋違い半介
犬飼六岐　吉岡清三郎貸腕帳
犬飼六岐　桜《おう》下《か》の決闘〈吉岡清三郎貸腕帳〉
犬飼六岐　囲碁小町　嫁入り七番勝負
犬飼六岐　蛻《もぬけ》
石川大我　ボクの彼氏はどこにいる？
石松宏章　マジでガチなボランティア
池澤夏樹　虹の彼方に
伊藤比呂美　とげ抜き〈新巣鴨地蔵縁起〉
伊東　潤　戦国無常　首獲り
伊東　潤　疾《はや》き雲のごとく

伊東　潤　戦国鬼譚　惨
伊東　潤　虚《うつ》けの舞
伊東　潤　戦国鎌倉悲譚　剋
伊東　潤　叛《はん》鬼《き》
伊東　潤　国を蹴った男
石塚健司　特捜崩壊
市川森一　蝶々さん(上)(下)
池田清彦　すこしの努力で「できる子」をつくる
市川拓司　吸涙鬼
石飛幸三　「平穏死」のすすめ〈口から食べられなくなったらどうしますか〉
石井光太　感染宣告〈エイズウィルスに人生を変えられた人々の物語〉
磯﨑憲一郎　赤の他人の瓜二つ
池田邦彦　カレチ　車掌純情物語 1
池田邦彦　カレチ　車掌純情物語 2
池田邦彦　カレチ　車掌純情物語 3
岩明　均　文庫版 寄生獣 1
岩明　均　文庫版 寄生獣 2
岩明　均　文庫版 寄生獣 3
岩明　均　文庫版 寄生獣 4

岩明　均　文庫版 寄生獣 5
岩明　均　文庫版 寄生獣 6
岩明　均　文庫版 寄生獣 7
岩明　均　文庫版 寄生獣 8
伊藤理佐　女のはしょり道
石黒正数　外《げ》天《てん》楼《ろう》
石川宏千花　お面屋たまよし
伊与原　新　ルカの方《はこ》舟《ぶね》
内田康夫　死者の木《こ》霊《だま》
内田康夫　シーラカンス殺人事件
内田康夫　パソコン探偵の名推理
内田康夫　「横山大観」殺人事件
内田康夫　漂泊の楽人
内田康夫　江田島殺人事件
内田康夫　琵琶湖周航殺人歌
内田康夫　夏泊殺人岬
内田康夫　平城《なら》山《やま》を越えた女
内田康夫　「信濃の国」殺人事件
内田康夫　鐘

講談社文庫 目録

内田康夫 風葬の城
内田康夫 透明な遺書
内田康夫 鞆《とも》の浦《うら》殺人事件
内田康夫 箱庭
内田康夫 終幕《フィナーレ》のない殺人
内田康夫 御堂筋殺人事件
内田康夫 記憶の中の殺人
内田康夫 北国街道殺人事件
内田康夫 蜃気楼
内田康夫 「紅藍《くれない》の女《ひと》」殺人事件
内田康夫 「紫《むらさき》の女《ひと》」殺人事件
内田康夫 藍色回廊殺人事件
内田康夫 明日香の皇子
内田康夫 伊香保殺人事件
内田康夫 不知火《しらぬい》海《かい》
内田康夫 華の下にて
内田康夫 博多殺人事件
内田康夫 中央構造帯(上)(下)
内田康夫 黄金の石橋

内田康夫 金沢殺人事件
内田康夫 朝日殺人事件
内田康夫 湯布院殺人事件
内田康夫 釧路湿原殺人事件
内田康夫 貴賓室の怪人〈「飛鳥」編〉
内田康夫 イタリア幻想曲 貴賓室の怪人2
内田康夫 靖国への帰還
内田康夫 若狭殺人事件
内田康夫 化生の海
内田康夫 日光殺人事件
内田康夫 不等辺三角形
内田康夫 ぼくが探偵だった夏
内田康夫 怪談の道
内田康夫 逃げろ光彦〈内田康夫と5人の女たち〉
内田康夫 皇女の霊柩
内田康夫 悪魔の種子
内田康夫 戸隠伝説殺人事件
梅棹忠夫 夜はまだあけぬか
歌野晶午 死体を買う男

歌野晶午 安達ヶ原の鬼密室
歌野晶午 新装版 長い家の殺人
歌野晶午 新装版 白い家の殺人
歌野晶午 新装版 動く家の殺人
歌野晶午 密室殺人ゲーム王手飛車取り
歌野晶午 新装版 ROMMY 越境者の夢
歌野晶午 増補版 放浪探偵と七つの殺人
歌野晶午 新装版 正月十一日、鏡殺し
歌野晶午 密室殺人ゲーム2.0
歌野晶午 密室殺人ゲーム・マニアックス
内館牧子 リトルボーイ・リトルガール
内館牧子 切ないOLに捧ぐ
内館牧子 あなたが好きだった
内館牧子 ハートが砕けた！
内館牧子 B・U・S〈すべてのプリティ・ウーマンへ〉
内館牧子 別れてよかった
内館牧子 愛しすぎなくてよかった
内館牧子 あなたはオバサンと呼ばれてる
内館牧子 養老院より大学院

講談社文庫　目録

内館牧子　愛し続けるのは無理である。
内館牧子　食べるのが好き　飲むのも好き　料理は嫌い
宇都宮直子　人間らしい死を迎えるために
薄井ゆうじ　竜宮の乙姫の元結いの切りはずし
薄井ゆうじ　くじらの降る森
宇江佐真理　泣きの銀次
宇江佐真理　晩　鐘〈続・泣きの銀次〉
宇江佐真理　虚　ろ　舟〈泣きの銀次参之章〉
宇江佐真理　室　の　梅〈おろく医者覚え帖〉
宇江佐真理　涙　堂〈琴女癸《ことじょき》酉日記《ゆうにっき》〉
宇江佐真理　あやめ横丁の人々
宇江佐真理　卵のふわふわ　八丁堀喰い物草紙・江戸前でもなし
宇江佐真理　アラミスと呼ばれた女
宇江佐真理　富子すきすき
浦賀和宏　眠りの牢獄
浦賀和宏　記憶の果て（上）（下）
浦賀和宏　時の鳥籠（上）（下）
浦賀和宏　頭蓋骨の中の楽園（上）（下）
上野哲也　ニライカナイの空で

上野哲也　五五五文字の巡礼〈魏志倭人伝トーク　地理篇〉
魚住昭　渡邉恒雄　メディアと権力
魚住昭　野中広務　差別と権力
氏家幹人　江戸老人旗本夜話
氏家幹人　江戸の性談〈男たちの秘密〉
氏家幹人　江戸の怪奇譚
内田春菊　愛だからいいのよ
内田春菊　ほんとに建つのかな
内田春菊　あなたも奔放な女と呼ばれよう
魚住直子　非・バランス
魚住直子　超・ハーモニー
魚住直子　未・フレンズ
魚住直子　ピンクの神様
植松晃士　おブスの言い訳
内田也哉子　ペーパームービー
上田秀人　密　封〈奥右筆秘帳〉
上田秀人　国　禁〈奥右筆秘帳〉
上田秀人　侵　蝕〈奥右筆秘帳〉
上田秀人　継　承〈奥右筆秘帳〉

上田秀人　簒《さん》奪《だつ》〈奥右筆秘帳〉
上田秀人　秘　闘〈奥右筆秘帳〉
上田秀人　隠　密〈奥右筆秘帳〉
上田秀人　刃　傷〈奥右筆秘帳〉
上田秀人　召《めし》　抱《かか》え〈奥右筆秘帳〉
上田秀人　墨《ぼっ》　痕《こん》〈奥右筆秘帳〉
上田秀人　天　下〈奥右筆秘帳〉
上田秀人　決　戦〈奥右筆秘帳〉
上田秀人　軍師の挑戦〈上田秀人初期作品集〉
上田秀人　天主信長〈表〉〈我こそ天下なり〉
上田秀人　天主信長〈裏〉〈天を望むなかれ〉
上田秀人　波　乱〈百万石の留守居役㈠〉
上田秀人　思　惑〈百万石の留守居役㈡〉
上田秀人　新　参〈百万石の留守居役㈢〉
上田秀人　遺　臣〈百万石の留守居役㈣〉
上田秀人　密　約〈百万石の留守居役㈤〉
上田秀人　使　者〈百万石の留守居役㈥〉
上田秀人　梟《ふくろう》の系譜〈宇喜多四代〉
内田樹　下流志向〈学ばない子どもたち　働かない若者たち〉

講談社文庫　目録

内田樹　釈徹宗　現代霊性論
上橋菜穂子　獣の奏者〈I闘蛇編〉
上橋菜穂子　獣の奏者〈II王獣編〉
上橋菜穂子　獣の奏者〈III探求編〉
上橋菜穂子　獣の奏者〈IV完結編〉
上橋菜穂子　獣の奏者〈外伝 刹那〉
上橋菜穂子原作　武本糸会漫画　コミック 獣の奏者 I
上橋菜穂子原作　武本糸会漫画　コミック 獣の奏者 II
上橋菜穂子原作　武本糸会漫画　コミック 獣の奏者 III
上橋菜穂子原作　武本糸会漫画　コミック 獣の奏者 IV
上田紀行　ダライ・ラマとの対話
上田紀行　スリランカの悪魔祓い
ヴァシィ章絵　ワーホリ任侠伝
内澤旬子　おやじがき〈絶滅危惧種中年男性図鑑〉
We are 宇宙兄弟！編　宇宙小説
嬉野君　妖怪極楽
上野誠　天平グレート・ジャーニー〈遣唐使・平群広成の数奇な冒険〉
遠藤周作　ユーモア小説集
遠藤周作　ぐうたら人間学
遠藤周作　聖書のなかの女性たち
遠藤周作　さらば、夏の光よ
遠藤周作　最後の殉教者
遠藤周作　反逆(上)(下)
遠藤周作　ひとりを愛し続ける本
遠藤周作　深い河《ディープ・リバー》
遠藤周作　周作塾〈読んでもタメにならないエッセイ〉
遠藤周作　『深い河』創作日記
遠藤周作　新装版 海と毒薬
遠藤周作　新装版 わたしが・棄てた・女
永六輔　矢崎泰久　バカまるだし
永六輔　矢崎泰久　ふたりの品格
永六輔　矢崎泰久　ははははハハハ
江波戸哲夫　小説盛田昭夫学校(上)(下)
江波戸哲夫　ジャパン・プライド
衿野未矢　依存症の女たち
衿野未矢　依存症の男と女たち
衿野未矢　依存症がとまらない
衿野未矢　「男運の悪い」女たち
衿野未矢　男運を上げる15歳ヨリウエ男
衿野未矢　恋は強気な方が勝つ！〈悩める女の厄落とし〉
江上剛　頭取無惨
江上剛　不当買収
江上剛　小説 金融庁
江上剛　絆
江上剛　再起
江上剛　企業戦士
江上剛　リベンジ・ホテル
江上剛　起死回生
江上剛　瓦礫の中のレストラン
江上剛　非情銀行
江上剛　東京タワーが見えますか。
江上剛　慟哭の家
江國香織　真昼なのに昏《くら》い部屋
R・アンダーソン　江國香織訳　荒井良二画　レターズ・フロム・ヘヴン
江國香織・文　松尾たいこ・絵　ふりむく
江國香織他　彼の女たち
遠藤武文　プリズン・トリック

2015年12月15日現在